Alys Swan-Jackson

D1829415

Zwischen den Stühlen

ALYS SWAN-JACKSON

Zwischen den Stühlen

WIE JUGENDLICHE MIT DER SCHEIDUNG IHRER ELTERN KLARKOMMEN

KERLE
FREIBURG · WIEN
BASEL

Die Originalausgabe erschien 1997
unter dem Titel „Caught in the Middle“ bei Picadilly Press Ltd.
London, England
© 1997 Alys Swan-Jackson

Die Schreibweise entspricht den neuen Rechtschreiberegeln

Deutsch von Cornelia Soltau und Frank Borsch, Freiburg

Einband und Illustrationen: Uli Gleis, Tübingen

Alle Rechte vorbehalten für die deutsche Ausgabe
© KeRLE im Verlag Herder Freiburg, Wien 1998
Printed in Germany
Druck und Einband: Freiburger Graphische Betriebe 1998
ISBN 3-451-70220-7

Inhalt

Einleitung

„Man denkt immer, die eigenen Eltern bleiben ewig zusammen. Wenn du dann feststellst, dass sie sich trennen, haut es dich einfach um." **Mark, (15)**

In England trennen sich jedes Jahr die Eltern von ungefähr 200.000 Kindern und Teenagern. Manchmal ist es eine Trennung auf Zeit, aber meistens gehen die Eltern für immer getrennte Wege.
Innerhalb von fünf Jahren heiraten über die Hälfte dieser Eltern erneut und ihre Kinder leben von da an in Stieffamilien.

Den betroffenen Teenagern ergeht es dabei ganz unterschiedlich. Manchmal ist bei der Trennung Gewalt im Spiel oder ein Elternteil verschwindet plötzlich und wird nie wieder gesehen. Es kommt aber auch vor, dass die Trennung freundschaftlich verläuft. Dann ist alles genau geplant und die Kinder können in der Regel hinterher beide Elternteile sehen.

Aber egal, wie eine Scheidung oder Trennung abläuft, für dich bedeutet sie in jedem Fall enorme – und meistens schmerzhafte – Veränderungen. Auf der anderen Seite ist sie auch eine Chance: Auf dich warten neue Aufgaben und du lernst vieles dazu.

Eine Trennung ist nie einfach für die Kinder. Dabei ist es nicht mit einem großen Knall getan. Eine Trennung ist ein langer Prozess; alle Beteiligten – du, deine Eltern und deine Geschwister – müssen lernen sich auf die neue Situation einzustellen. Die Erfahrungen der Teenager, die zu diesem Buch beigetragen haben, werden dir zeigen, dass ihr viele Schwierigkeiten bewältigen müsst, bis ihr euch an eure neuen Leben gewöhnt habt.

Du kannst diese Schwierigkeiten zwar nicht völlig umgehen, aber es gibt da ein paar Dinge, die du tun kannst. Ich hoffe, dass die vielen Teenager in diesem Buch, die über die Trennung ihrer Eltern hinweggekommen sind, dir Mut machen.

Das Leben geht weiter!

Alys Swan-Jackson, 1997

1.

Sich zu trennen ist gar nicht so einfach

Der Moment der Wahrheit

Hattest du eine Ahnung, dass sich deine Eltern scheiden lassen? Wie haben sie es dir gesagt?

Ich habe gefragt

„Wir lebten auf dem Land. Mami hatte einen Laden im Nachbardorf. Mami und Papi haben sich oft darüber gestritten, was passieren würde, wenn sie im Laden eingeschneit würde. Eines Tages stritten sie wieder darüber, aber es war mitten im Sommer! Das kam mir komisch vor. Als mir meine Mutter den Gutenachtkuss gab, fragte ich sie, ob sie wirklich darüber gestritten hätten. Sie schüttelte den Kopf. Sie sagte mir, dass sie und Papi über eine Trennung auf Probe diskutiert hätten. Das verletzte mich sehr; ich war total verwirrt."

Carla, (14)

Sie haben es mir gesagt

„Es hat mich nicht überrascht. Sie hatten immer viel miteinander gestritten ohne dabei wirklich miteinander zu reden. Nachdem sie es mir gesagt hatten, wurde es noch schlimmer. Meine Mutter wollte, dass mein Vater auszieht, aber er wollte nicht. Also haben sie sich auch noch darüber gestritten. Ich kam mir vor wie im Krieg."

Peter (13)

Zwischen den Stühlen

„Ich wollte gerade mit einer Freundin ins Kino gehen, als mein Vater sagte, er hätte mir etwas mitzuteilen. Er sagte, er würde ausziehen. Er und meine Mutter hielten es für das Beste, wenn sie getrennt lebten.“

Louise, (16)

Meine Mutter ist einfach abgehauen

„Ich werde nie den Tag vergessen, an dem meine Mutter uns verließ. Mein Vater, mein Bruder und ich machten einen Ausflug nach Thorpe Park. Als wir nach Hause kamen, lag ein Zettel von meiner Mutter auf dem Küchentisch.“

Ann, (17)

Sich zu trennen
ist gar nicht so einfach

Ich habe es zufällig mitbekommen

„Als ich ins Bett ging, konnte ich hören, wie sich mein Vater und meine Mutter unterhielten. Ich hörte immer wieder meinen Namen. Ich weiß, dass man das nicht machen soll, aber ich bin trotzdem zur Tür geschlichen um zu lauschen. Sie redeten über eine Scheidung! Bald darauf sagte mir meine Mutter, dass sie sich trennen würden. Ich ließ mir nicht anmerken, dass ich schon davon wusste, aber mir wurde erst in dem Moment klar, was es bedeutete: Mein Vater verließ uns und würde vielleicht nicht mehr zurückkommen."

Miriam, (17)

„Es kam nicht als die ganz große Überraschung. Sie hatten schon früher von Trennung geredet. Trotzdem war ich überrascht; sie hatten in der Zeit davor kaum miteinander gestritten. Mein Vater sagte mir, er würde nach einer Wohnung suchen, aber vorerst nur auf Zeit. Eigentlich hätte es mir meine Mutter sagen sollen, aber irgendwie hat das nicht geklappt. Ich war total verwirrt und geschockt."

Louise, (16)

Louise schien es, als ob die Welt unterginge, aber das war natürlich nicht der Fall. Das gilt auch für dich. Wenn sich Eltern trennen, werden sie zuallererst an dich – den Teenager – denken. Sie werden sich so gut wie möglich um dich kümmern. Du wirst vielleicht denken, dass sie derart von ihren eigenen Problemen besessen sind, dass sie gar nicht darüber nachgedacht haben, was in dir vorgeht. Das ist hart für dich – als Teenager hast du es bereits schwer genug. Dieses Buch wird dir aber zeigen, dass es anderen Teenagern ähnlich wie dir erging und sie es überstanden haben.

Hat man dich im Ungewissen gelassen?

„Es lag auf der Hand, dass etwas Ernstes vor sich ging. Zwischen meinen Eltern ging es rapide den Bach hinunter. Aber niemand sagte uns etwas davon. Wir hatten das Gefühl, als ob wir für sie gar nicht mehr existierten."

Olivia, (15)

Du willst natürlich gleich von Anfang an Bescheid wissen und herausfinden, wie es mir dir weitergeht. Den meisten Eltern fällt es aber schwer, ihren Kindern zu erklären, warum sie sich trennen. Das kann viele Gründe haben.

- Ihnen ist klar, warum sie sich trennen und wie es mit der Familie weitergeht. Also denken sie, dass es dir auch klar ist.
- Sie glauben vielleicht, dass sie dich schützen, indem sie nicht über die Trennung reden. Eltern wissen oft gar nicht, dass Teenager viel mehr verstehen, als sie denken, und reif genug sind ihre eigenen Schlüsse zu ziehen.

Sich zu trennen
ist gar nicht so einfach

- Ihnen ist vielleicht nicht klar, wie wichtig es dir ist Bescheid zu wissen.
- Die Trennung ist für sie so schwer, dass sie vielleicht nie die Chance hatten, Luft zu holen und darüber nachzudenken, wie es dir geht. Es kann sein, dass deine Eltern derartig unter Stress stehen, dass sie sich nicht auf dich konzentrieren können.
- Manche Eltern fühlen sich schuldig, weil sie glauben, dass sie dich im Stich gelassen haben.
- Sie haben vielleicht gehofft, dass sich ihre Beziehung wieder einpendelt, und wollten dir erst dann etwas sagen, wenn es dazu keine Chance mehr gibt.
- Vielleicht hat sich zwischen ihnen so viel Feindseligkeit aufgestaut, dass sie nicht einmal miteinander reden können um das Weitere zu diskutieren.

Das Beste, was du tun kannst, ist deine Eltern einfach zu fragen, was jetzt passiert. Leider kommen viele Eltern nicht einmal auf den Gedanken, die Kinder um ihre Meinung zu fragen. Es ist also sehr wichtig, dass du fragst. Such dir aber einen geeigneten Augenblick dafür aus – nicht gerade, wenn deine Eltern erschöpft von der Arbeit kommen. Wenn du nicht weißt, wie du es sagen sollst, dann sag einfach „Mami? Mir machen ein paar Dinge Sorgen. Können wir darüber reden?" oder etwas Ähnliches. Wenn sie es dir nicht auf der Stelle sagen können, dann erkläre ihnen, dass sie dich auf dem Laufenden halten müssen, damit du nicht so verwirrt und ängstlich bist. Wenn es dir schwer fällt sie anzusprechen, dann schreib auf, was du fühlst und was du wissen willst. Vergiss aber nicht auch aufzuschreiben, wie gern du sie hast. Sie brauchen in dieser Situation ebenso viel Bestätigung wie du.

„Ich brauchte eine Weile, bis ich verstand, dass der Bruch Mami und Papi total durcheinander brachte. Sie merkten gar nicht, wie sehr sie mich verletzten und wie sehr ich sie brauchte.“

Clara, (14)

Wie lange dauert das Ganze?

Die Trennung wird wahrscheinlich viel länger brauchen, als dir lieb ist – einen Monat, drei Monate oder sogar ein Jahr. Die meisten Paare versuchen mehrere Male sich zu versöhnen. Ein Elternteil zieht vielleicht mehrmals ein und aus, bevor sie sich endgültig trennen. Das ist für dich ganz besonders hart: Du schöpfst jedes Mal neue Hoffnung und dann wirst du doch wieder enttäuscht. Wahrscheinlich ist es am besten, wenn du davon ausgehst, dass sich deine Eltern, nachdem sie es dir gesagt haben, auch wirklich trennen.

Die erste Reaktion

„Ich war 13, als es mir mein Vater eröffnete. Ich war nicht wirklich überrascht. Sie haben immer nur gestritten. Ehrlich gesagt, war ich erleichtert. Anfangs war ich traurig, weil sie nicht miteinander auskommen konnten, aber dann sagte ich mir, dass es nur besser

Sich zu trennen
ist gar nicht so einfach

werden kann. Wenigstens würden sie einander nicht mehr ständig an die Kehle gehen." **Louise, (16)**

„Ich war starr vor Schreck. Ich dachte, das darf nicht wahr sein. Ich schrie sie an: ‚Ich hasse euch! Warum tut ihr mir das an?' " **Paula, (15)**

„Ich war wie gelähmt. Meine Mutter ist eines Tages einfach abgehauen. Sie hatte einen Zettel auf dem Küchentisch liegen lassen, auf dem stand, dass sie nicht mehr wiederkommen würde. Ich weiß, meine Eltern haben sich oft gestritten. Aber wessen Eltern tun das nicht? Mir wäre nicht im Traum eingefallen, dass sie einfach so verschwinden würde. Ich kapierte es einfach nicht." **Michael, (18)**

Wie du siehst, ist die erste Reaktion ganz verschieden. Du hast den Bruch vielleicht schon erwartet, aber wenn er dann tatsächlich passiert, ist das etwas ganz anderes. Die meisten Kinder halten es für selbstverständlich, dass ihre Eltern immer zusammenbleiben, und plötzlich ist es vorbei.
Was Teenager dann fühlen, bespreche ich im Detail in Kapitel fünf. Es kann ein echter Trost sein, wenn du erfährst, dass andere Teenager sich genauso gefühlt haben, wie du dich jetzt fühlst.

Du kannst die Fragen aufschreiben, damit du keine vergisst. Du solltest dir vielleicht auch überlegen, ob du ein Tagebuch führen willst. Darin kannst du deine

Gefühle aufschreiben. Ein Tagebuch kann dir dabei helfen herauszufinden, was du willst.
Das Wichtigste ist Reden und Zuhören. Das ist keine einfache Sache, wenn alle auf verschiedenen Seiten zu stehen scheinen. Wenn du fragst, kannst du besser mit deinen Angstgefühlen und deiner Unsicherheit umgehen. Diese Gefühle gehen nur weg, wenn du ihnen ins Auge schaust. Dir wird es dann besser gehen und deine Eltern (und andere Leute) wissen, was in dir vorgeht, und können dir besser helfen. Die wenigsten Eltern können Gedanken lesen! Indem du deinen Eltern zuhörst, erfährst du, wo die Probleme aus ihrer Sicht liegen. Dir wird es dann nicht so schwer fallen zu verstehen, was vor sich geht. Versuch, ruhig und unvoreingenommen zu bleiben.
Vergiss nicht, dass dir deine Eltern vielleicht auf keine einzige deiner Fragen sofort eine Antwort geben. Hab Geduld – sie werden sie wahrscheinlich früher oder später alle beantworten.

Die Top Ten:
Was fragen Jugendliche ihre Eltern, wenn sie von der Trennung erfahren?

1.
Was ist passiert, dass ihr euch trennt?

2.
Trennt ihr euch auf Zeit oder für immer?

3.
Lasst ihr euch scheiden?

4.
Wird einer von euch beiden wieder heiraten?

5.
Wo werde ich leben?

6.
Bei wem von euch beiden werde ich leben?

7.
Kann ich euch beide immer noch sehen?

8.
Kann ich immer noch die restliche Familie sehen?
Meine Großeltern, Onkeln und Tanten usw.?

9.
Muss ich die Schule wechseln?

10
Was soll ich erzählen, wenn mich jemand fragt,
was los ist?

Zwischen den Stühlen

2.

Vor dem Bruch

Bruch

„Ich glaube, am schlimmsten war, wie sehr sich die beiden hassten und wie gemein sie zueinander waren. Sie haben sich ständig gestritten; so lange, bis einer von ihnen davonstürmte und die Tür hinter sich zuschlug. Ich konnte das nicht ausstehen, aber ich konnte nichts dagegen machen."

Michael, (18)

Teenager kommen nur schwer damit klar, dass sich ihre Eltern streiten. Nichts bringt dich vor, nach oder während der Scheidung oder Trennung mehr durcheinander als die ewige Streiterei. Und wahrscheinlich sind es die Streite, die die schlimmsten Spuren in dir hinterlassen.

War das Leben vor dem Bruch wirklich so toll?

Es ist natürlich einfach, alles auf deine Eltern zu schieben. Du denkst dir vielleicht: „Wenn sie sich nicht getrennt hätten, wäre ich immer noch glücklich!"
Aber mal ehrlich. Davor hat in deinem Leben bestimmt nicht vierundzwanzig Stunden am Tag die Sonne geschienen, oder? Niemand ist die ganze Zeit glücklich und jeder muss mit irgendwelchen Problemen in der Familie klarkommen – kleinen, wie wenn dich deine Eltern mal wieder in eine peinliche Lage bringen, oder großen, wie einer Scheidung oder Trennung. Wenn deine Eltern miteinander nicht glücklich waren, war dein Leben davor bestimmt ganz schön hart. Wahrscheinlich haben sie sich so oder ähnlich verhalten:

Die Top Ten:
Wie Eltern mit ihren Problemen umgehen

1.
Sie streiten sich, dass die Fetzen fliegen.

2.
Sie verlassen den Raum.

3.
Sie sagen gar nichts.

4.
Einer von ihnen gibt immer nach, um den Frieden zu wahren.

5.
Sie schreien herum und weinen.

6.
Sie sind bedrückt.

7.
Sie trinken, nehmen Drogen oder essen zu viel.

8.
Sie versuchen, dem anderen die Schuld zu geben.

9.
Einer oder beide fangen mit jemand anderem etwas an.

10.
Sie flüchten sich in körperliche Gewalt. Hat dein Vater deine Mutter geschlagen oder umgekehrt?

Weil Eltern sich so verhalten, kommt es zu großen Spannungen, wenn eine Ehe in die Brüche geht. Diese Teenager können sich noch gut daran erinnern:

Sie haben immer nur gestritten

„Meine Eltern haben sich ständig gestritten. Meine Mutter hat immer auf meinem Vater herumgehackt und er hat einfach die Tür hinter sich zugeschlagen und ist in die Kneipe gegangen. Irgendwie war das für uns normal. Eines Tages haben sie uns gebeten, uns zu ihnen zu setzen. Sie fragten uns, was wir davon hielten, wenn sie sich trennen würden. Ich war völlig platt."

James, (15)

„Mami und Papi stritten die ganze Zeit miteinander. Ich war total geschockt, als sie sich scheiden ließen, aber irgendwie war ich auch erleichtert.“

Jane, (15)

Wenn deine Eltern schon immer miteinander gestritten haben, wird dir vielleicht nicht aufgefallen sein, dass es dieses Mal ernster war.
Streit gibt es in den besten Familien; bei manchen bekommt man sogar den Eindruck, dass sie ohne Streit nicht leben könnten. Ein Streit kann ein klärendes Gewitter und der erste Schritt sein, um die Probleme deiner Eltern zu lösen.
Wenn deine Eltern aber oft miteinander streiten oder sehr böse zueinander sind, dann ist das etwas anderes. Manchmal kommen Eltern so schlecht miteinander aus, dass ihnen für einen Streit jeder Vorwand recht ist:

„Es war schon immer so bei uns gewesen, dass sich meine Eltern ab und zu stritten, aber irgendwann fingen sie an, es zu übertreiben. Sie gingen einander wirklich auf die Nerven. Eines Tages gerieten sie sich wegen ein paar Kartoffelschalen, die Mami in der Spüle hatte liegen lassen, gewaltig in die Haare. Da dämmerte es mir, dass ihre Ehe keine großen Chancen mehr hatte.“

Jade, (18)

Mein Vater hat meine Mutter geschlagen

Es ist eine sehr ernste Angelegenheit, wenn jemand einen anderen körperlich misshandelt. Hat dein Vater deine Mutter geschlagen? Oder vielleicht war es auch andersherum. Gewalt macht auf jeden Fall wirklich Angst.

„Immer wenn Papi betrunken war, hat er Mutti verprügelt. Ich wusste nicht, was ich tun sollte. Ich wollte ihr helfen, aber ich zog nur die Bettdecke über den Kopf und tat so, als ob nichts passieren würde."

Donna, (14)

Der Zusammenbruch einer Familie kann lange dauern – Monate oder sogar Jahre! Wie zum Beispiel bei Janes Eltern: Ihre Beziehung stand ein ganzes Jahr lang auf der Kippe. Beide hatten wichtige Jobs, hatten jede Menge Druck und keine Zeit füreinander. Sie redeten oft tagelang überhaupt nicht miteinander und wenn sie es doch taten, dann endete es damit, dass sie einander beschimpften.
Eines Tages kam es zur Entscheidung.

„Mutti fand heraus, dass Papi eine Affäre hatte. Sie bekam mit, wie er mit seiner Freundin telefonierte, und das war's. Sie kämpften richtig miteinander. Mutti richtete Papi wirklich schlimm zu; sie schlug ihn immer wieder mit einer Weinflasche. Ich konnte es nicht ertragen zuzusehen. Ich wollte, dass sie damit aufhörten, aber ich wusste nicht, was ich machen sollte. Bei diesem Streit redeten sie das erste Mal von Scheidung.
Sie merkten, wie durcheinander ich war. Sie sagten, dass, was immer auch passieren würde, sie sich um

mich kümmern würden. Sie wollten zu einem Eheberater gehen; der sollte ihnen dabei helfen zu entscheiden, wie es weitergeht."

Jane, (15)

Sie redeten kaum miteinander

Die schlimmste Art „nicht miteinander auszukommen" ist vielleicht, wenn Eltern gar nicht mehr miteinander kommunizieren. Sie gehen einander aus dem Weg und reden nicht mehr miteinander. Manchmal gibt einer von ihnen ständig nach, nur damit es nicht wieder zu einem Streit kommt. Wenn sich Eltern anschweigen, kann das heißen, dass bei dir Zuhause die Atmosphäre zum Zerreißen gespannt ist und du es kaum aushalten kannst.

„Meine Eltern lassen sich scheiden. Sie unternehmen kaum noch etwas miteinander, und wenn sie mal miteinander reden, dann streiten sie wie wild."

Darren, (16)

„Mein Papi ist immer in der Kneipe. Er ist der totale Säufer. Ich kann es nicht ausstehen, wenn er nach Hause kommt und so übel aus dem Mund riecht. Wenn ich dann etwas sage, meint er nur, dass er dadurch besser mit dem Stress klarkommt."

Donna, (14)

Ich dachte, sie verstehen sich wirklich gut

Versuch dich einmal daran zu erinnern, wie deine Eltern vor dem Bruch miteinander auskamen. Es gab bestimmt Anzeichen dafür, dass zwischen ihnen nicht alles so gut lief, auch wenn sie dir vielleicht damals gar nicht aufgefallen sind.
Manchmal ist es aber auch so, dass alles ganz normal aussieht und deine Eltern scheinbar gut miteinander auskommen. Das kann den Bruch für dich besonders schwierig machen.

„Meine Eltern trennen sich. Das ist ein totaler Schock für mich. Ich dachte, sie würden sich wirklich gut verstehen. Sie haben nie miteinander gestritten. Mami hat immer alles getan, was Papi wollte. Ich verstehe einfach nicht, warum sie sich trennen."

Chris, (15)

Manchmal scheint zwischen Eltern alles in Ordnung zu sein, solange sie in der Öffentlichkeit sind. Zuhause sieht das aber ganz anders aus.

„Wenn ich im Bett war, habe ich immer gehört, wie sie einander anschrien, aber ich dachte nicht, dass es so schlimm wäre. Sie haben sich nie vor mir gestritten, auch nicht vor Omi oder sonst wem. Sie taten so, als ob nichts wäre, doch man konnte sehen, dass sie sich ganz schön beherrschen mussten. Aber ich wäre nie auf den Gedanken gekommen, dass sie sich trennen könnten."

Paula, (15)

Wenn du vorher nichts bemerkt hast, kann der Bruch für dich ganz besonders hart sein. Das Ganze ist so verwirrend für dich, und vielleicht denkst du sogar, dass du dir die Probleme nur einbildest.

Ist ihre Beziehung noch zu kitten?

Bleiben deine Eltern trotzdem zusammen?
Du denkst vielleicht, dass deine Eltern ihre Probleme nur richtig anpacken müssen, um einen endgültigen Bruch zu verhindern.
Wenn ein Paar seine Eheprobleme nicht lösen kann, hilft es manchmal, wenn sie einen Dritten um Hilfe bitten. Das kann zum Beispiel ein Verwandter oder ein Freund sein.

Es gibt auch eine Reihe von Organisationen, die in solchen Situationen Rat und Hilfe anbieten. Vielleicht hast du ja schon von Pro Familia gehört; das ist die bekannteste von ihnen.

Ein Eheberater brachte sie dazu wieder miteinander zu reden

Man muss Probleme ans Licht bringen; von alleine lösen sie sich nicht in Luft auf. Man muss über sie reden, auch wenn das für einen sehr unangenehm oder sogar bedrückend sein kann. Oft hilft es, wenn man mit einem Außenstehenden spricht, der die Probleme sachlich angehen kann, wie zum Beispiel einem Eheberater.
Du solltest aber nicht glauben, dass der Berater deinen Eltern in jedem Fall hilft zusammenzubleiben. Wenn ihm klar ist, dass ihre Beziehung nicht zu retten ist oder dass einer von ihnen unbedingt auf Trennung aus ist, dann wird er ihnen dabei helfen, die Trennung so leicht zu machen wie möglich.

„Meine Eltern sind zu einer Eheberaterin von Pro Familia gegangen. Sie brachte sie dazu, wieder miteinander zu reden. Sie haben sich trotzdem scheiden lassen, aber wenigstens war nicht alles so fies, wie es hätte sein können."

John, (16)

Trennung auf Probe

Eine Trennung und eine Scheidung sind zwei ganz verschiedene Dinge. Wenn sich deine Eltern trennen, dann wohnen sie normalerweise nicht mehr zusammen. Manchmal, wenn das Geld nicht reicht, wohnen sie weiter zusammen im selben Haus, aber schlafen nicht mehr im selben Zimmer. Sie gehen dann auch getrennt aus.

Eine Trennung hat keine rechtlichen Folgen. Wenn deine Eltern sich entschließen sollten wieder zusammenzuleben, könnt ihr einfach wieder zusammenziehen. Das kann aber für dich sehr schwierig sein: Du hast das Gefühl, dass deine Eltern weder verheiratet noch geschieden sind, und fragst dich ständig, ob es wohl klappen wird.

Manchmal sind Trennungen nicht von Dauer. Deine Eltern können dann in Ruhe über alles nachdenken und sich entscheiden, wie es weitergehen soll. Sie haben die Gelegenheit, zu einem Eheberater oder zu einer Beratungsgruppe zu gehen. Wenn deine Eltern noch keinen Berater um Hilfe gebeten haben, kannst du es ihnen vorschlagen.

Vielleicht sucht dein Vater oder deine Mutter einen Anwalt auf. Zieh daraus keine voreiligen Schlüsse. Das heißt noch lange nicht, dass sie sich scheiden lassen. Manche Leute gehen zu Anwälten, um sich zu informieren. Wenn dir das Sorgen macht, dann rede mit einem guten Freund oder einem Verwandtem darüber.

Oder frag deine Eltern – auch wenn sie schlechte Neuigkeiten für dich haben sollten. Tu nicht so, als ob alles in Ordnung wäre, wenn das nicht der Fall ist.
Wenn deine Eltern sich auf Probe trennen, ist es wichtig, dass du dir klar machst, dass sie wahrscheinlich nicht mehr zusammenkommen. Weil es um dich geht, haben deine Eltern vorher bestimmt alles versucht, bis sie schließlich nicht mehr anders weiterwussten, als sich scheiden zu lassen.

Nachdem deine Eltern über alles nachgedacht haben, werden sie zu einer Entscheidung kommen. Falls sie sich dafür entscheiden sich für immer zu trennen, musst du dich damit abfinden. Es gibt nichts, was du dagegen tun könntest.

Zwischen den Stühlen

3. Wenn ich nur …

Du weißt wahrscheinlich ganz tief drinnen, dass es nicht deine Schuld ist, dass sich deine Eltern trennen. Trotzdem glauben viele Teenager, dass sie irgendwie mit schuld an der Trennung sind.

„Am schlimmsten war der Hass. Sie hassten einander wirklich. Sie haben die ganze Zeit aufeinander rumgehackt. Und ich stand mittendrin und konnte nichts dagegen tun. Ich versuchte mir immer wieder zu sagen, dass es nicht meine Schuld ist, aber es klappte nicht. Ich hätte etwas dagegen tun können müssen."

Rachel, (16)

Warum sich Teenager verantwortlich fühlen

Das Leben ist nicht einfach, wenn sich deine Eltern trennen. Auf der einen Seite bist du wahrscheinlich erleichtert, dass die ganzen Streitereien und Spannungen endlich ein Ende haben, aber auf der anderen Seite hoffst du, dass sie ihre Probleme regeln können und wieder zusammenkommen. Gut, sie haben sich vielleicht ständig gestritten, aber wenigstens waren sie immer da. Dann musst du plötzlich damit leben, dass es tatsächlich zur Trennung oder Scheidung kommt.

Die typischen Reaktionen von Teenagern sind: Warum ist das passiert? Ist es meine Schuld? Habe ich irgendetwas angestellt?

Hätte ich bloß gemacht, was sie wollen

„Mein erster Gedanke war: ‚Das ist alles meine Schuld!' Ich musste auf einmal daran denken, wie ich mich immer mit Papi und Mami gestritten hatte. Wenn mir etwas nicht gepasst hat, habe ich nie lockergelassen. Wenn ich nur auf sie gehört hätte, wäre das alles nicht passiert."

Darren, (16)

„Meine Eltern trennten sich, als ich sechzehn war. Wenn ich heute daran denke, muss ich darüber lachen, aber damals, als meine Mutter uns verließ, war mein erster Gedanke, dass ich mich in der Schule hätte mehr anstrengen sollen. Es warf sie immer um, wenn ich mit schlechten Noten nach Hause kam. Ich sagte mir, wenn ich nur ein bisschen mehr getan hätte, ein bisschen bessere Noten bekommen hätte, dann hätte sie uns nicht einfach sitzen lassen."

Michael, (16)

Mutti hat mir die Schuld gegeben

Es kann sein, dass dein Vater oder deine Mutter dir einmal die Schuld gegeben hat. Vielleicht hat sie gesagt: „Kein Wunder, dass Vati nicht mehr bei uns bleiben wollte. Bei deinen Launen!" oder etwas Ähnliches. Es kommt leider vor, dass Eltern (oder andere Betroffene) in einer so schwierigen Situation gereizt sind und einfach das Erstbeste, das ihnen durch den Kopf geht, laut sagen, auch wenn sie es nicht so meinen.

Sie haben sich wegen mir gestritten

„Ich war ganz schön aufsässig, und meine Eltern stritten sich immer darüber, wie sie mit mir umgehen sollten. Als sie mir sagten, dass sie sich scheiden lassen, wusste ich sofort: 'Das ist wegen mir!', und ich fühlte mich schrecklich. Aber dann redete ich mit meiner Oma darüber und sie sagte, dass sie immer irgendetwas zum Streiten finden würden. Egal, ob ich da wäre oder nicht.“

Jade, (18)

Ich wollte ständig neue Sachen

„Ich habe mich wirklich schuldig gefühlt. Ich wusste, dass das Geld nie reichte. Ich dachte, dass alles meine Schuld wäre, weil ich ständig neue Sportsachen wollte.“

Peter, (13)

Teenager fühlen sich öfters verantwortlich als jüngere Kinder. Als Teenager hast du eine viel sprunghaftere Beziehung zu deinen Eltern: Du willst mit deinen Freunden ausgehen, Klamotten kaufen und abends lange wegbleiben. Aber wie wütend du deine Eltern davor auch gemacht hast, du bist auf keinen Fall schuld daran, dass ihre Beziehung in die Brüche gegangen ist.
Als Teenager beginnst du damit, dich für dich selbst verantwortlich zu fühlen, und da ist es nur natürlich, dass du dich auch für andere verantwortlich fühlst. Aber das bist du nicht – jeder von uns ist ganz alleine für das, was er tut, verantwortlich.

Warum es nicht deine Schuld ist

Die Einzigen, die für den Bruch verantwortlich sind, sind deine Eltern.
Deine Eltern sind erwachsene Menschen und ihre Beziehung hat nichts mit dir zu tun. Es macht auch keinen Unterschied, dass du vielleicht ein schwieriges Kind gewesen bist. Du darfst nie vergessen, dass der Bruch zwischen deinen Eltern ist und nicht zwischen dir und deinen Eltern. Ihre Liebe für dich ist bedingungslos, ihre Liebe füreinander ist es nicht. Leider stehen in einer solchen Situation die meisten Eltern so sehr unter Anspannung, dass sie ihre Liebe für dich nicht zeigen können. Lass dich davon nicht abschrecken: Tu alles, was du kannst, um ihnen zu zeigen, dass du sie liebst.

Wenn ich nur ...

Strategien, mit denen du dir klarmachen kannst, dass du keine Schuld hast

- Schreib auf, warum sich deine Eltern **deiner** Meinung nach trennen.
- Schau dir die Liste an. Such all die Sachen heraus, die du gemacht hast und die **deiner** Meinung nach an dem Bruch schuld sind. Schreib sie ebenfalls auf.
- Jetzt sieh dir beide Listen an. Denk darüber nach, was du hättest anders machen können. Hätte irgendetwas davon geholfen?
- Frag dich ganz ehrlich, ob du irgendetwas damit zu tun hattest. Wenn du darüber nachdenkst, wirst du zu dem Schluss kommen, dass du nichts ausrichten konntest. Glaubst du wirklich, dass du so viel Einfluss auf deine Eltern hattest? Wahrscheinlich ist es dir so wie Donna ergangen.

„Meine Eltern haben mir immer alles verboten. Deshalb war ich total aufsässig. Aber meine beste Freundin, die war ein wahrer Engel. Hat aber auch nichts genützt, ihr erging es auch nicht besser. Am Ende haben sich ihre Eltern auch scheiden lassen."

Donna, (14)

Wenn du dich jetzt immer noch schuldig fühlst, dann solltest du mit jemand Unparteiischem reden. Er wird dir unter Garantie bestätigen, dass dich keine Schuld trifft.

Im nächsten Kapitel will ich dir einige Gründe erklären, aus denen sich Eltern scheiden lassen.

4.

Warum Beziehungen in die Brüche gehen

„Ich habe Vati gefragt, ob er Mutti liebt. Er hat nichts gesagt.“ **Chris, (15)**

„Mami sagte mir, dass Papi uns verlassen hat und nie wieder zurückkommt. Er ist mit einer anderen Frau durchgebrannt.“ **Carla, (14)**

Wer von ihnen hat Schuld? Manchmal haben beide Schuld.
Als deine Eltern zusammenzogen oder heirateten, hatten sie bestimmt die besten Vorsätze. Es gibt nur ganz wenige Menschen, die sich so eng binden, ohne das sie wirklich an ihre Beziehung glauben. Deine Eltern wollten bestimmt für immer zusammenbleiben.

Auch deine Eltern waren einmal jung und verliebt

Du weißt, warum Paare sich dafür entscheiden zusammenzuleben:

- Sie fühlen sich zueinander sexuell hingezogen.
- Sie sind verliebt.
- Sie kommen wirklich gut miteinander aus.
- Die Frau ist schwanger.
- Der Gedanke alleine zu bleiben macht ihnen Angst.
- Nur eine Wohnung zu unterhalten ist billiger als zwei.

Dir fallen bestimmt noch jede Menge andere Gründe ein. Aber das eigentlich Wesentliche ist, dass keiner der Gründe für immer bestehen muss – die Liebe kann verblassen; man findet den anderen nicht mehr so sexy wie früher; der Partner ist ganz anders, als man sich ihn vorgestellt hat ...

Die Top Ten:
Warum sich Paare trennen.

1.
Einer oder beide sind nicht mehr verliebt.

2.
Geldmangel (oft wegen Arbeitslosigkeit).

3.
Die beiden glauben nicht mehr daran, dass sie miteinander ein glückliches und erfülltes Leben führen können.

4.
Einer oder beide haben jemand anderen kennen gelernt.

5.
Beide merken, dass sie nicht zueinander passen.

6.
Beide haben unterschiedliche Erwartungen.

7.
Sie schlagen einander oder verhalten sich auf andere Art unvernünftig.

8.
Es ist heute einfacher sich scheiden zu lassen.

9.
Niemand rümpft mehr die Nase über Geschiedene.

10.
Ihre Erwartungen an die Beziehung haben sich nicht erfüllt.

Warum Beziehungen in die Brüche gehen

Es lohnt sich, einigen dieser Gründe genauer nachzugehen.

Sie haben sich auseinander gelebt

„Mein Vater und meine Mutter arbeiteten beide sehr hart. Wenn sie mal ein bisschen freie Zeit hatten, haben sie ganz verschiedene Sachen unternommen. Sie sagten mir, sie hätten sich ohne es zu bemerken auseinander gelebt und hätten nicht mehr viel gemeinsam."

Sarah, (16)

Es ist oft so, dass ein Paar erst dann bemerkt, dass seine Beziehung in die Brüche geht, wenn es zu spät ist. Ein Grund dafür kann sein, dass sie ihre Probleme einfach nicht wahrhaben wollten.
Sie haben begonnen jeweils ihr eigenes Leben zu führen, und eines Tages merkt einer von ihnen, dass sie nicht mehr zueinander gehören.

Papas Arbeitslosigkeit war zu viel

„Mein Vater wurde vor einem Jahr entlassen. Er hat noch keinen neuen Job gefunden und hängt den ganzen Tag nur vor dem Fernseher. Meine Mutter kann das nicht ausstehen. Sie hat ihn pausenlos auf dem Kieker und meckert darüber, dass sie sich nichts mehr kaufen kann."

Warren, (15)

Die Beziehung von Eltern muss sehr stark sein, um mit schwierigen Zeiten wie Geldproblemen oder schweren Krankheiten fertig zu werden. Solche Situationen stärken entweder eine Ehe oder lassen sie in die Brüche gehen. Und wenn ein Paar vorher schon Probleme hatte, reicht oft schon etwas mehr Druck, um es auseinander zu bringen.

Mami und Papi haben einander kaum gesehen

Viele Paare machen viele Überstunden, um sich einen guten Lebensstandard leisten zu können. Oft geht das auf Kosten der Familie. Karens Vater war zum Beispiel in seinem Beruf viel unterwegs. Er war fast nie zu Hause. Karens Mutter machte das mit, aber hoffte gleichzeitig, dass ihr Mann sich irgendwann einen weniger anstrengenden Job suchen würde. Eines Tages eröffnete er der Familie, dass er eine Stelle in einer anderen Stadt angenommen hatte und sie alle umziehen müssten. Das war zu viel für Karens Mutter; sie trennte sich von ihrem Mann.

Papi hatte eine Affäre

Es kommt vor, dass einer der Partner eine Affäre hatte oder jemand anderes kennen gelernt hat. Wenn zum Beispiel dein Vater eine Affäre hat, heißt das nicht unbedingt, dass er die Beziehung beenden will. Nur, wenn es deine Mutter herausfindet, fühlt sie sich wahrscheinlich derartig betrogen, dass sie die Scheidung will. Oder vielleicht hatte deine Mutter ein Affäre und glaubt, dass sie mit dem neuen Partner ein erfüllteres Leben führen kann.

„Mami hat herausgefunden, dass Papi eine Affäre hatte. Jetzt ist er ausgezogen. Er hat uns nicht mehr lieb.“ **Rachel, (16)**

„Papi hat uns zum Essen eingeladen. Er sagte, es täte ihm Leid, aber er müsste uns verlassen. Er hätte sich in eine andere Frau verliebt und könne ohne sie nicht mehr leben.“ **John, (16)**

Papi ist Alkoholiker

Manchmal verhält sich ein Elternteil unverantwortlich. Wenn einer der Partner gegenüber dem anderen oder sogar gegenüber den Kindern Gewalt anwendet, kann das das Ende einer Beziehung bedeuten. Oft sind dann Drogen oder Alkohol im Spiel.

„Mein Vater ist ein Alkoholiker. Meine Mutter hat das jahrelang hingenommen. Aber dann kam er eines Nachts nach Hause und war so betrunken, dass er sie beinahe umgebracht hätte. Da hat sie ihn rausgeworfen.“ **Stephen, (16)**

Für Außenstehende ist es ganz klar: Wenn es in einer Beziehung zu Misshandlungen kommt, dann sollte man sie so schnell wie möglich hinter sich lassen. Aber für die betroffenen Partner ist die Situation viel schwieriger; sie haben oft Angst sie anzugehen. Meistens glaubt der misshandelte Partner, dass er oder sie dem anderen helfen kann. Es kann sehr lange dauern, bis man zu akzeptieren bereit ist, dass man nicht helfen kann.

„Papi hat schon immer gern ab und zu einen getrunken, aber irgendwann fing er an zu saufen. Er hat sich oft so schlimm betrunken, dass er irgendwo umgekippt ist. Mami und ich mussten ihn dann immer abholen. Ich glaube, meine Eltern haben sich deswegen getrennt."

Tina, (15)

Erwachsene – wie zum Beispiel Tinas Vater – flüchten sich oft in Alkohol, Drogen oder übermäßiges Essen, wenn sie zu viel Stress haben. Wenn du merkst, dass deine Eltern süchtig sind, kannst **du** nichts dagegen tun. Es bleibt dir nur, dich damit abzufinden. Du kannst so viel betteln, weinen oder protestieren, wie du willst, es nützt nichts. Aber du darfst die Probleme nicht einfach ignorieren. Vertusche niemals etwas für sie. Erfinde keine Entschuldigungen für sie. Du musst dich stattdessen mit deinen eigenen Gefühlen auseinandersetzen. Wenn du wütend auf deine Eltern bist oder dich wegen ihnen schämst, kannst du bei Organisationen wie Alanon um Hilfe oder Rat bitten. Alanon wurde speziell für Kinder von Alkoholikern ins Leben gerufen. Du findest eine Adressliste in Kapitel zwölf. Viele Berater sind der Ansicht, dass man Süchtigen mit

„ruppiger“ Liebe begegnen soll. Das heißt, du sollst sie aus falsch verstandener Liebe nicht in ihrer Sucht unterstützen. Manchmal ist die Scheidung für einen Süchtigen ein heilsamer Schock und er wird danach von ihr geheilt.

Eine Scheidung ist keine Schande

In den letzten Jahren sind Scheidungen schon fast alltäglich geworden. Noch vor dreißig Jahren war es für ein Paar sehr schwierig, überhaupt eine Scheidung zu bekommen. Sich scheiden zu lassen war damals noch eine große Schande. Es gab viele Paare, die lieber ihre unglückliche Ehe weiterführten, als die Demütigung einer Scheidung zu ertragen. Zum Glück ist das heute anders. Heutzutage wollen die Menschen glückliche und erfüllte Leben führen und manchmal stellen sie eben fest, dass das mit ihrem Partner nicht möglich ist.

Sie gaben mir verschiede Gründe

„Was mich total durcheinander gebracht hat, war, dass mir Papi und Mami völlig unterschiedliche Gründe für die Scheidung sagten. Ich war total verwirrt. ',Wer von ihnen lügt?', fragte ich mich immer wieder. Das Ganze hätte mich nicht so schlimm verletzt, wenn sie mir gute Gründe gegeben hätten. Stattdessen haben sie nur übereinander hergezogen.“

Donna, (14)

Vielleicht trennen sich deine Eltern wirklich aus vielen verschiedenen Gründen. Manchmal fällt es einem schwer genau zu sagen, was man fühlt. Aber wenn du mit irgendwelchen Erklärungen von deinen Eltern unzufrieden bist, solltest du einfach nachfragen.

Sie sagen mir nicht, warum

Vielleicht weigern sich deine Eltern, dir ihre Gründe zu nennen, oder die Gründe, die sie dir sagen, reichen dir nicht. Dann bleibt dir nur sie direkt darauf anzusprechen. Frag sie, warum sie sich trennen und wie es weitergehen soll. Wenn sie dir keine Antwort geben, dann rede mit jemand anderem, der dir helfen kann – zum Beispiel mit deinen Großeltern oder einem Freund der Familie. Ein solches Gespräch wird dich beruhigen und du wirst dich danach weniger ängstlich und unsicher fühlen.

Ergreif keine Partei

Es fällt nicht schwer Partei zu ergreifen, wenn sich deine Eltern trennen. Wenn du dich einem der beiden näher fühlst als dem anderen, dann fällt es sogar schwer es nicht zu tun. Das bedeutet aber gleichzeitig, dass du den Bruch aus einem sehr einseitigen Blickwinkel siehst.

Wenn zum Beispiel dein Vater eine Affäre hat, ein Alkoholiker ist oder mit ihm nur schwer auszukommen

ist, wirst du ihm wahrscheinlich die Schuld geben. Aber du darfst nicht vergessen, dass nur deine Eltern wissen, was in ihrer Ehe vorgefallen ist. Du weißt vielleicht über viele Dinge gar nicht Bescheid. Das Wichtigste ist, dass du verstehst, dass dich deine Eltern immer noch lieben, auch wenn sie einander nicht mehr lieben. Du musst nichts für sie vertuschen und du bist beiden zu gleichen Teilen zur Treue verpflichtet. Wenn du nicht begreifen kannst, warum einer von ihnen den anderen betrügt oder dir Sorgen machst oder Angst hast, dann bitte sie dir alles zu erklären. Du wirst dich dann besser fühlen.

Die meisten Ehepaare lassen sich ein oder zwei Jahre, nachdem sie sich getrennt haben, scheiden. Dann sind sie ganz sicher, dass sie nicht mehr zusammenkommen werden. Wenn sie glauben, dass es das Beste ist, sich endgültig zu trennen, musst du versuchen das Unvermeidliche zu akzeptieren.

Zwischen den Stühlen

5.

Wie fühlst du dich?

Es ist unmöglich, all die unterschiedlichen Gefühle zu beschreiben, die dir durch den Kopf schießen, wenn du erfährst, dass sich deine Eltern trennen. Manchmal gehen sie jahrelang nicht weg. Schock, Wut, Trauer, Angst, Trotz und Niedergeschlagenheit sind nur einige der mächtigen Gefühle, von denen Teenager berichten. Wie stark diese Gefühle sind, hängt von vielen Dingen ab: Wie haben es dir deine Eltern gesagt? Wie viele Spannungen gab es bei euch zu Hause? Wer hat das Sorgerecht bekommen? Wie oft darf dich der andere Elternteil besuchen?

Schock

„Anfangs stand ich unter Schock. Ich konnte nicht mehr sprechen; ich konnte keinen klaren Gedanken fassen. Ich war wie betäubt."

Jessica, (15)

Die erste Reaktion auf eine traumatische Erfahrung ist meistens Schock. Schock kann sich ganz unterschiedlich zeigen.
Jane war völlig benommen. Sie war zerstreut, ihr war alles egal und sie war ungeschickt. Vielleicht möchtest du einfach heulen oder alles herausschreien. Vielleicht willst du auch einfach niemanden sehen.

„Ich ging auf mein Zimmer und drehte die Anlage voll auf, damit mich niemand hören konnte. Dann schrie ich und wollte nicht mehr aufhören."

Jane, (15)

Anderen Teenagern erging es ähnlich.

„Erst war ich starr vor Schreck. Dann fing ich an zu schreien und zu fluchen und zu weinen." **Donna, (14)**

„Ich war wie gelähmt … ich wollte einfach nicht wahrhaben, dass uns Mami einfach verlässt und nie mehr wiederkommt." **Lizzie, (18)**

„Anfangs fühlte ich überhaupt nichts. Ich war wie taub. Ich glaube, ich stand unter Schock." **Michael, (18)**

„Ich weiß noch, dass ich mich völlig abgeschnitten vom normalen Leben fühlte. Die meiste Zeit lag ich nur im Bett und weinte." **Natasha, (15)**

Schock ist eine völlig normale, nachvollziehbare Reaktion. Er ist ein Teil des natürlichen Abwehrsystems deines Körpers: Der Schock schützt dich in einer schwierigen Situation. Du darfst die Symptome eines Schocks aber nicht einfach ignorieren. Geh zu einem Arzt, falls die körperlichen Symptome zu schwer zu ertragen sind, wie zum Beispiel wenn du die ganze Zeit müde und bedrückt bist oder du nichts mehr essen kannst. Ein Arztbesuch kann eine gute Gelegenheit für dich sein über das zu reden, was passiert ist und wie du darüber denkst.

Wie fühlst du dich?

Wut

„Als sie es mir sagten, wurde ich sehr wütend und traurig."

Paula, (15)

Es ist ganz normal, wenn die Wut in dir hochsteigt, sobald der erste Schock vorüber ist. Viele Teenager haben das Gefühl, dass ihre Eltern, indem sie sich getrennt haben, sie im Stich gelassen und ihr Leben durcheinander geworfen haben. Wahrscheinlich denkst du jetzt: „Wie können sie es nur wagen!" oder „Was ist mit mir?" Du wirst dir sagen, wie unfair das alles ist, und vielleicht steigt in dir das Gefühl hoch irgendetwas schlagen oder treten zu wollen.
Es ist ganz besonders schwierig, mit Wut umzugehen. Du kannst dem Elternteil, der ausgezogen ist, deine Wut nicht zeigen, oder vielleicht hast du das Gefühl, dass es nur noch alles schwerer macht, wenn du deine Wut zeigst. Deshalb kann es oft vorkommen, dass die Wut in dir immer höher steigt, ohne dass du sie irgendwo ablassen kannst.
Du musst einen Weg finden, deine Wut herauszulassen, aber es gibt gute und schlechte dafür:

„Ich fühlte mich schrecklich, es war einfach zu viel für mich. Ich wurde richtig aufsässig. Ich schwänzte die Schule, ging mit meiner Klicke aus, besoff mich und nahm sogar ein paarmal Drogen. Mami machte das verrückt und sie hat mich oft angeschrien, aber das kümmerte mich nicht."

Darren, (16)

Darrens Mutter wusste sich nicht zu helfen. Es fiel ihr schwer, die Kontrolle über Darren zu behalten. Sie fühlte sich wegen der Trennung schuldig und ließ deshalb Darren machen, was er wollte. Darren wollte seine Mutter so weit treiben wie möglich; er wollte einfach ausprobieren, wie weit er gehen konnte. Darrens Aufsässigkeit ist die Ausnahme, aber in Wirklichkeit wollte er seine Mutter nicht verletzen, er wollte stattdessen ihre Aufmerksamkeit und Liebe.

„Sie haben mich festgenommen, weil ich betrunken war und randaliert habe, und mich vor Gericht gebracht. Zum Glück bin ich mit einer Verwarnung davongekommen, weil es mein erstes Vergehen gewesen ist. Aber das passiert mir nicht noch einmal"

Darren, (16)

Tess hatte das Gefühl, dass sie kein Zuhause mehr besaß:

„Meine Eltern ließen sich scheiden, als ich 13 war. Als ich 16 war, ging ich jeden Abend weg. Ich lernte Dave kennen und beschloss mit ihm zusammenzuleben. Ich hörte mit der Schule auf und begann als Sekretärin zu arbeiten."

Tess, (20)

Im Rückblick bereut Tess ihren Entschluss.

„Ich war viel zu jung, aber ich glaubte, dass ich selber am besten wüsste, was gut für mich ist. Ich wollte mit

16 mein eigenes Leben. Ich bereue, dass ich mit der Schule aufgehört habe. Wahrscheinlich hätte ich heute einen besseren Job, wenn ich durchgehalten hätte, aber niemand sagte damals auch nur ein Wort. Meine Eltern waren so sehr mit ihren eigenen Leben beschäftigt, dass sie meines einfach nicht zu interessieren schien. Dave und ich haben geheiratet. Uns fiel einfach nichts Besseres ein."

Tess, (20)

Es ist keine gute Idee zu versuchen, den Schmerz mit Alkohol oder Drogen zu betäuben. Das löst deine Probleme nicht; im Gegenteil, du handelst dir noch ein paar zusätzliche ein. Alkohol und Drogen vertuschen deine Probleme nur eine Zeit lang. Sobald du wieder nüchtern bist, kommen sie zurück.

Manche Teenager lassen ihre Wut an den Personen aus, die ihnen am nächsten stehen – ihren Freunden oder dem Elternteil, bei dem sie leben. Sie können das vielleicht verstehen, aber es ist ihnen gegenüber trotzdem nicht fair, und du wirst dich wahrscheinlich für dein Verhalten schuldig fühlen.

Sport ist ein viel besseres Ventil für deine Wut. Du kannst zum Beispiel joggen gehen oder einen Mannschaftssport anfangen. Körperliche Anstrengung lässt dich deine Sorgen vergessen und macht dich generell optimistischer. Sport kann dir dabei helfen, nicht jede Nacht wach zu liegen und trüben Gedanken nachzuhängen. Am nächsten Morgen bist du ausgeruht und kannst besser mit den Problemen fertig werden. Fit sein hat aber noch mehr Vorteile. Man sieht dir an, dass du gut in Form bist, und das macht dich attraktiver für andere – für Teenager ganz besonders wichtig! Alkohol- und Drogenmissbrauch bewirken das Gegenteil: Du kannst nicht regelmäßig schlafen und wirst schlaff, pickelig und unattraktiv. Und das wird dein Selbstbewusstsein nicht gerade steigern!

Schmerz

„Ich weinte nur noch. Ich musste immer daran denken, wie schön es gewesen war und wie sehr sich alles verändert hatte."

Jane, (15)

Wenn dein Ärger verraucht ist, kann es sein, dass andere Empfindungen an seine Stelle treten: großer Schmerz und das brennende Gefühl, dass du etwas verloren hast. Diese Gefühle werden dich wahrscheinlich lange begleiten und dich traurig und bedrückt machen. Es ist ganz natürlich, dass der Schmerz über dich hereinbricht, wenn du damit anfängst, deinem alten Leben nachzutrauern. Und das kannst du dir auch ruhig anmerken lassen.

Weinen hilft wirklich. Wenn du weinst, fängst du an die ganzen aufgestauten Gefühle in dir herauszulassen. Und wenn du erst einmal so weit bist, kannst du damit beginnen dich mit der Situation zu befassen.

Verlustgefühle

„Das Ganze hat mich wirklich verletzt. Mein Vater war so abscheulich zu meiner Mutter, dass ich mich einfach auf ihre Seite stellen musste, obwohl ich das gar nicht wollte. Ich dachte, es kann nur besser werden, wenn er auszieht. Aber das stimmte nicht. Ich weiß, wie mein Vater ist, aber trotzdem wünschte ich mir, er wäre hier."

Jason, (16)

Man vergleicht eine Trennung oder Scheidung oft mit einem Todesfall. Der Elternteil, der von zu Hause auszieht, stirbt natürlich nicht, aber deine Gefühle sind vielleicht ganz ähnlich. Du wirst einen Verlust spüren, nur dass der Verlust bei einer Trennung oder Scheidung manchmal noch schwerer zu ertragen ist. Wenn jemand gestorben ist, erinnert man sich in erster Linie mit Zuneigung an den Toten. Bei einer Trennung ist man oft verbittert und beschuldigt sich gegenseitig. Der Tod ist endgültig – du wirst den Toten bestimmt nie wieder sehen. Wenn ein Elternteil auszieht, weißt du aber nicht, ob und wann du ihn wieder sehen wirst. Bei einer Trennung verlierst du auch nicht nur einen Elternteil. Wenn du wegziehst und auf eine andere Schule gehst, verlierst du vielleicht deine Freunde; möglicherweise sogar einen großen Teil deiner Verwandtschaft – Großeltern, Cousins etc. Es kann sogar passieren, dass du das Gefühl bekommst, dass der Elternteil, bei dem du lebst, dich nicht mehr lieb hat. Oft muss nämlich dein Vater oder deine Mutter nach der

Trennung viel arbeiten, um dich und deine Geschwister versorgen zu können, und hat nicht mehr so viel Zeit für dich übrig. Du darfst auch nicht vergessen, dass der Stress der Scheidung deinen Vater oder deine Mutter müde und gereizt machen kann.
Das alles wird dir vielleicht das Gefühl geben, dass du die ganz normalen Dinge des Lebens, die andere als selbstverständlich betrachten, verloren hast. Aber du kannst einiges dagegen tun, um den Kontakt zu anderen nicht zu verlieren. Mehr dazu findest du in Kapitel sieben.

Zurückweisung

„Ich weiß noch genau, dass meine einzige Sorge war, ob mich meine Mutter noch liebte. Sie war ja schließlich ausgezogen. Solange sie mich liebte, war mir alles andere egal.“

Lizzie, (18)

Teenager fühlen sich oft durch die Scheidung ihrer Eltern zurückgewiesen. Du weißt vielleicht ganz tief in deinem Herzen, dass dein Vater oder deine Mutter dir nicht absichtlich den Rücken zugekehrt hat, aber das nützt nichts – es fühlt sich trotzdem genau so an. Das geht dir ganz besonders so, wenn ein Elternteil die Familie verlassen hat, um mit einem anderen Partner zu leben, der vielleicht auch noch Kinder hat. Man kann dir so viele Erklärungen und Gründe geben, wie man will, du fühlst dich dann trotzdem hintergangen.

„Vater zog zu Sarah und ihren beiden Kindern. Ich habe mich mit meiner Mutter nicht so gut verstanden und wollte lieber bei ihm wohnen, aber er sagte, das wäre wirklich schwierig. Erst hat er Mutter zurückgewiesen und dann mich." **Jade, (18)**

Angst

„Ich hatte Angst. Ich dachte: ‚Was wird aus uns werden? Wo werde ich leben? Darf ich Vati weiter sehen?' " **Jessica, (15)**

Veränderungen können dich sehr belasten. Die Angst vor dem Unbekannten überwältigt einen nur allzu leicht. Du fühlst dich wahrscheinlich ganz klein und verletzlich. Du weißt, dass sich euer – dein – Leben ändern wird, aber vielleicht hat niemand mit dir darüber geredet oder dich gefragt, was du davon hältst. Diese Unsicherheit kann dich ganz schön quälen. Jane und ihre jüngere Schwester Anita zum Beispiel leben auf dem Land. Weil die Schule so weit weg ist, müssen sie mit dem Auto hinfahren.

„Wir haben die ganze Zeit über nichts anderes geredet. Wer fährt uns morgens zur Schule, wenn Papi nicht mehr da ist?" **Jane, (15)**

Bei einer Trennung tun sich Unmengen von praktischen Problemen auf und es kann sein, dass es an dir hängen bleibt sie zur Sprache zu bringen. Deine Eltern sind oft viel zu sehr mit ihren eigenen Problemen beschäftigt, um über praktische Angelegenheiten nachzudenken.

Leugnen

„Ich dachte, ich muss nur lange genug warten und Papi und Mami finden wieder zusammen. Und dann wird alles wie früher sein. Das war mein ganzer Wunsch."

Paula, (15)

Es kommt oft vor, dass Teenager leugnen, dass die Trennung wirklich passiert. Du wirst vielleicht probieren, dir einzureden, dass sich deine Eltern früher oder später wieder versöhnen. Das fällt dir ganz besonders leicht, wenn deine Eltern es noch einmal miteinander versuchen, bevor sie sich endgültig trennen, oder wenn deine Eltern sich immer noch gut verstehen.

„Ich habe wirklich alles versucht. Als wir an meinem Geburtstag miteinander essen gegangen sind, habe ich Vati immer wieder gesagt, wie toll Mami aussieht. Sie hatte ganz schön abgenommen und trug ein wirklich hübsches Kleid statt wie üblich Jeans. Ich sagte: ‚Mach schon, Papi. Gib ihr einen Kuss.' Aber er wollte nicht. Man konnte ihm ansehen, wie peinlich ihm das Ganze war."

Paula, (15)

Paula musste schließlich einsehen, dass es ein Happy End wohl nur im Film gibt. Eltern entschließen sich nicht über Nacht zu einer Trennung oder Scheidung. Deine Eltern haben wahrscheinlich lange nachgedacht und mussten schmerzhaften Wahrheiten ins Auge schauen, bevor sie sich dazu durchringen konnten. Es ist zwar hart, aber du solltest so realistisch sein die

Trennung zu akzeptieren und versuchen, dich daran zu gewöhnen. Wenn du erst einmal das Unvermeidliche akzeptiert hast, wird es dir besser gehen. Das Wichtigste ist, dass dein Leben weitergeht.

Erleichterung

Es kann sein, dass du über die Trennung erleichtert bist. Zum Beispiel wenn ein Elternteil zu Gewalt gegriffen oder sich unmöglich benommen hat.

„Mami und Papi haben einander immer geschlagen. Meistens hat Papi angefangen. Ich wollte ehrlich gesagt nur eins: Er sollte endlich verschwinden und uns in Ruhe lassen. Ich habe ihn gehasst." **Stephen, (16)**

Die Top Ten:
Was du tun kannst, wenn du auf dem Nullpunkt bist

1.
Geh Eis essen.

2.
Geh einkaufen.

3.
Lass dich in der Badewanne so richtig einweichen.

4.
Hör etwas Musik.

5.
Geh mit deinen Freunden aus.

6.
Mach Sport, bis du tüchtig ins Schwitzen kommst.

7.
Lad ein paar Freunde ein und zieh für ein paar Stunden so richtig über deine Eltern her.

8.
Fahr für einen Tag aufs Land.

9.
Schrei alles heraus.

10
Sei positiv. Es kann nur noch aufwärts gehen.

Wie fühlst du dich?

Wenn Eltern ständig miteinander kämpfen und streiten, erzeugt das Spannung. Weder dein Vater noch deine Mutter haben dann viel Zeit dir zu helfen, mit den Spannungen klarzukommen. Eine Partnerschaft muss funktionieren, sonst ist sie keine. Und da kannst du wenig ausrichten. Du weißt vielleicht nicht einmal genau, warum sich deine Eltern streiten. Vielleicht ist eine Trennung für alle zum Besten.

Zwischen den Stühlen

6.

Was sich in deinem Leben praktisch verändert

Ein Elternteil zieht aus

Sobald deine Eltern sich entschieden haben sich ganz oder zeitweilig zu trennen, wird einer von ihnen ausziehen und ein „zweites Zuhause" gründen.

„Meine Mutter ist ausgezogen. Ich glaube, ich vermisse sie mehr als mein Bruder. Papi interessiert sich nicht für Klamotten oder Jungs und solche Sachen. Ich wünschte, Mami wäre öfters hier." **Kate, (12)**

Es ist schwer zu glauben, dass ein Bruch wirklich stattgefunden hat, bis ein Elternteil tatsächlich auszieht. Deshalb wird dich das sehr traurig machen. Nimm dir Zeit, um darüber nachzudenken, wie du mit dem Elternteil, der ausgezogen ist, in Verbindung bleiben kannst. Könnt ihr jeden Tag telefonieren? Wie oft und wann kannst du ihn besuchen? Du solltest nicht glauben, dass du damit einen von beiden bevorzugst oder deswegen dem anderen nicht mehr treu bist. Du wirst viel glücklicher und zuversichtlicher sein, wenn du den Kontakt hältst. Wie du das machst, steht in Kapitel sieben.

Du ziehst aus

Es stellt sich möglicherweise heraus, dass auf dich große Veränderungen warten. Vielleicht ziehst du aus oder du musst die Schule wechseln.

„Ich konnte entscheiden, bei wem ich bleiben wollte. Ich zog nur zehn Kilometer von Papi weg und ich hätte sowieso auf eine neue Schule gemusst, auch wenn sie sich nicht getrennt hätten. Aber das Leben in dem neuen Haus war schwierig; es war so viel kleiner als das alte."

Louise, (16)

„Ich war gleichzeitig total durcheinander und unheimlich aufgeregt. Ich wusste, dass wir von Birmingham nach London gezogen waren, weil die Familie meines Vaters dort wohnte. Er brauchte ihre Unterstützung."

Michael, (18)

Es wird einige Zeit brauchen, bis du dich in deiner neuen Umgebung eingewöhnt hast. Sich wieder zurechtzufinden und neue Freunde zu treffen geht nicht von heute auf morgen. Vielleicht ist dir aber die Ablenkung willkommen:

„Es gab so viel Neues, ich hatte überhaupt keine Zeit über die Scheidung nachzugrübeln – ich musste sehen, wo ich blieb." **Jade, (18)**

Zwischen den Stühlen

Ihr müsst mit weniger Geld auskommen

„Papi sagte, dass wir mit dem Geld knapp wären und er mir nicht mehr so viel Taschengeld geben könnte. Das hat mich wirklich wütend gemacht. Ich weiß, dass es falsch war, aber als ich seine Brieftasche rumliegen sah, habe ich mich einfach selbst bedient."

Freddie, (16)

Nach einer Trennung werden die Geldsorgen oft größer, was das Leben bei dir zu Hause nicht einfacher macht. Es kostet immer mehr, zwei Wohnungen zu unterhalten als eine. Oft muss einer der Eltern für fast alles aufkommen. Vielleicht zahlt der Elternteil, der ausgezogen ist, nicht regelmäßig den Unterhalt. Meistens hat man nach einer Scheidung weniger Geld, und wenn man sich zwischen der Stromrechnung, neuen Klamotten und Kino entscheiden muss, kannst du dir ja ausrechnen, wie es ausgeht! Dein Vater oder deine Mutter muss vielleicht eine Stelle suchen oder Überstunden machen. Deshalb musst du öfters bei der Hausarbeit mithelfen.

„Vor der Scheidung hat Mami nicht gearbeitet und hat für uns gekocht. Jetzt arbeitet sie und ist immer müde. Wenn sie von der Arbeit kommt, sinkt sie nur noch kaputt vor dem Fernseher zusammen. Jetzt koche ich abends und mache sauber."

Peter, (13)

Aber auch wenn dein Vater oder deine Mutter viel arbeiten muss, solltest du nicht den ganzen Haushalt machen. Wenn du glaubst, dass er oder sie zu viel von dir verlangt, dann sag es. Ihr werdet euch beide besser fühlen, wenn klar ist, was Vorrang hat. Ist es wirklich so schlimm, wenn dein Zimmer unordentlich ist? Ist es nicht besser, Abendessen zu machen?

„Meine Mutter verdient, glaube ich, nicht so viel. Deshalb arbeite ich an den Wochenenden in einem Laden, damit ich mir es leisten kann, Klamotten zu kaufen und abends auszugehen.“ **Rachel, (16)**

Du wirst den Geldmangel ganz besonders spüren, wenn zum Beispiel deine Freunde sich mehr neue Klamotten leisten können als du. Aber davon geht die Welt nicht unter! Versuch, nicht so viel Geld auszugeben. Du kannst dir immer wie Rachel selbst etwas verdienen. Wenn du noch keine 16 bist, kannst du Zeitungen austragen oder babysitten.

Es kann auch vorkommen, dass sich deine Eltern wegen des Geldes streiten. Lass dich da nicht hineinziehen.

Zwischen den Stühlen

7.
Die Beziehung zu deinen Eltern

„Nachdem Papi uns verlassen hatte, weinte Mami nur noch. Sie veränderte sich. Ich konnte nicht mehr mit ihr reden, sie schien einfach kein Interesse daran zu haben. Also habe ich mich immer in mein Zimmer eingeschlossen und ganz laut Musik gehört."

Carla, (14)

Versuch zu verstehen, was sie durchmachen

Du kannst wahrscheinlich ein Stück weit verstehen, was deine Eltern durchmachen. Es ist so, als ob du und dein Freund (deine Freundin) Schluss machen würden, nur tausendmal schlimmer. Die meisten Paare ziehen zusammen oder heiraten, weil sie für immer zusammenbleiben wollen. Wenn dann das Undenkbare passiert, sind sie am Boden zerstört.

Wir schwer der Bruch ist, hängt zum großen Teil von den Umständen ab. Wenn ein Elternteil den anderen einfach verlassen hat oder sie sehr gemein zueinander waren, ist der Bruch ganz besonders schwer zu verdauen. Wenn deine Eltern lange gebraucht haben, sich für die Trennung zu entscheiden, und beide sie gewollt haben, haben sie vielleicht alles getan, um es für dich einfacher zu machen. Aber trotzdem: Wenn es tatsächlich passiert, kommen schnell Gefühle wie Schock, Trauer, Angst und Schuld hoch.

Er hat sie ohne Vorwarnung verlassen

„Papi kam nach Hause und verkündete beiläufig, dass er eine andere getroffen hätte und uns verlassen wird. Mami war geschockt – er hatte ihr keine Vorwarnung gegeben. Sie waren zusammen gewesen, seit sie 16 waren – so alt wie ich …“

Rachel, (16)

Mami vermisst ihn

Es ist ein ganz schöner Unterschied, wenn man plötzlich alleine dasteht. Man hatte sich an den anderen gewöhnt, auch wenn man vielleicht schlecht miteinander ausgekommen ist. Es macht Angst, plötzlich allein zu sein.

„Ich wünschte, meine Mutter würde nicht ständig das Telefon belauern. Sie tut so, als ob sie es nicht tun würde, aber ich weiß, was für ein Gefühl das ist. Sie wünscht sich, dass er anruft und sagt, dass er zurückkommt. Er hat wieder geheiratet, aber sie wartet immer noch …“

Jade, (18)

Mami hat kein Selbstvertrauen mehr

Wenn deine Mutter oder dein Vater zugunsten eines anderen verlassen wurde, wird sie oder er sehr unsicher sein, und sich verletzt, einsam und abgelehnt fühlen. Jasons Eltern haben sich getrennt; sein Vater ist ausgezogen. Die ersten Monate danach war seine Mutter total niedergeschlagen und weinte die ganze Zeit.

„Sie war wirklich nervös und unsicher. Ich habe versucht mit ihr zu reden, aber meistens hörte sie überhaupt nicht zu. Oder sie machte ein Riesentheater wegen mir und kaufte mir alles Mögliche. Das hat es nur noch schlimmer gemacht. Ich hatte Mitleid mit Mami, aber ich hatte selbst Probleme. Ich vermisste Papi sehr und musste mit anderen Sachen klarkommen. Ich bin aufs Gymnasium gewechselt, was wirklich schwer war. Dann redete ich irgendwann mit meiner Oma darüber und sie hat mit Mami gesprochen. Das war toll, weil Mami ihr zuhörte und ihr klar wurde, dass sie wegen der Scheidung nicht so verbittert sein durfte. "

Jason, (16)

Zwischen den Stühlen

Jasons Mutter hat die Situation derartig überwältigt, dass sie keine Energie mehr übrig hatte, um Jasons Probleme zu erkennen. Genau in dem Moment, in dem Jason ihre Hilfe ganz besonders nötig hatte, konnte sie ihm keine geben. Zum Glück hatte Jason seine Oma, mit der er reden konnte. Von da an wurde es wieder besser. Seine Mutter begann sich an das neue Leben zu gewöhnen und ging es viel entspannter an.

Papi sagt, er fühlt sich schuldig

Deine Eltern werden sich sehr schuldig fühlen. Ihre Beziehung ist in die Brüche gegangen, ihr Leben erscheint ihnen als ein einziges Chaos. Und dazu haben sie noch Angst, weil sie nicht wissen, was sie dir vielleicht angetan haben.

„Ich dachte, Papi hätte bekommen, was er wollte. Sarah ist in Ordnung und sehr hübsch. Mami ist toll, aber sie hat sich gehen lassen. Als mir Papi vor kurzem erzählte, wie schuldig er sich fühlt, war ich wirklich überrascht."

Jade, (18)

Er hat viele Freunde verloren

Wenn man sich von seinem Partner trennt, verliert man viel mehr als nur die eine Person. Die Freunde deiner Eltern werden wahrscheinlich für einen von beiden Partei ergreifen. Alte Freunde tun das meistens für

denjenigen, den sie länger kennen, auch wenn sie vielleicht dem anderem näher gestanden haben. Verwandte schlagen sich fast immer auf die Seite ihres Familienmitglieds.
Die Situation ist auch deshalb schwierig, weil Paare dazu neigen ihre Freizeit mit anderen Paaren zu verbringen. Es kann gut passieren, dass deine Eltern nach der Trennung plötzlich feststellen, dass sie keinen Freundeskreis mehr haben.

Mami ist durchgedreht

Wenn du verstehst, wie schlecht es deinen Eltern geht, dann wirst du auch verstehen können, wenn sie sich plötzlich komisch oder distanziert verhalten. Vielleicht sind sie auch gereizt und ihnen wird alles zu viel. Manchmal verändern sie sich völlig.

„Meine Eltern haben sich vor einem Jahr getrennt. Eine Zeit lang ist Mami durchgedreht. Sie hat über zehn Kilo abgenommen, färbte sich die Haare, fing an zu trinken und nahm Drogen."

Paula, (15)

Wenn es ganz schlimm kommt, kann es so aussehen, als ob deine Eltern dich nicht mehr lieben oder du ihnen egal bist.

Kann ich helfen?

„Als meine Mutter herausfand, dass mein Vater eine Affäre hatte, war sie am Boden zerstört. Sie kam damit einfach nicht klar. Sie ging eine Woche lang nicht zur Arbeit und fühlte sich hundeelend. Ich wollte ihr helfen, aber was konnte ich schon tun? Ich musste mit meinen eigenen Problemen klarkommen. Ich wollte, dass sie mir half."

Jason, (16)

„Mami wurde nicht fertig damit. Ich hatte gar nicht mehr das Gefühl zu Hause zu sein, weil sie fast die ganze Zeit durcheinander war. Über allem lag diese Spannung. Mami passte immer auf, dass sie nicht schlecht über Papi redete, wenn ich es hören konnte. Deshalb konnte ich weiter in meiner naiven kleinen Welt leben. Heute glaube ich, dass sie sich zurückgewiesen fühlte, weil er mit einer anderen durchgebrannt ist. "
„Ich war wirklich wütend auf Papi. Ich halte ihn für ein Schwein, weil er sie verlassen und ihr nicht durch die schwere Zeit geholfen hat. Desto mehr ich darüber nachdenke, desto mehr hasse ich ihn. Ich habe das Gefühl, dass er mich nie geliebt hat, dass es ihn nie gekümmert hat, was aus mir wird. Ich glaube, ihm ist gar nicht aufgegangen, dass er Kinder hat. Er war unnütz. Er ist immer für sich geblieben."

Rachel, (16)

Es ist ein komisches Gefühl, wenn die Eltern auf einmal deine Hilfe brauchen. Wahrscheinlich bist du es gewohnt, dass sie **dir** helfen, und auf einmal habt ihr die Rollen getauscht.

Mami vertraute sich immer mir an

Manche Eltern suchen seelische Unterstützung bei ihren Kindern. Janes Mutter kam nur schwer zurecht, nachdem ihr Vater sie verlassen hatte und zu einer anderen Frau gezogen war.

„Ich war Mamis Stütze. Sie hat mir immer alles anvertraut und mir erzählt, wie es ihr geht. Manchmal kam es mir so vor, als ob ich erwachsen wäre und sie das Kind.“ **Jane, (15)**

„Ich fand meine Mutter immer nur peinlich, aber seit der Scheidung sind wir einander wirklich nahe gekommen. Sie ist für mich jetzt eher eine Schwester als meine Mutter.“ **Rachel, (16)**

Versuch mitfühlend zu sein und zu verstehen, wie schmerzhaft alles für deine Eltern ist. Setz ihnen nicht extra zu und probier nicht, wie weit du gehen kannst. Es fällt oft schwer, vernünftig zu denken oder zu handeln, wenn die Gefühle in Aufruhr sind. Leute unter Stress verhalten sich oft ganz anders als sonst. Es kann zum Beispiel vorkommen, dass deine Mutter vor dir über deinen Vater herzieht, obwohl sie weiß, dass man das nicht tun sollte. Oder dein Vater kann nicht mehr aufhören, von der Vergangenheit zu reden. Du musst dir darüber im Klaren sein, dass sie damit versuchen dem Schmerz und der Wut über die Zurückweisung Luft zu machen. Es ist schwer darüber hinwegzukommen, wenn man jemanden verliert, den man einmal sehr geliebt hat – oder es immer noch tut.

Ich habe meinen Teil getan

Es ist ganz einfach für dich, deinem Vater oder deiner Mutter bei praktischen Aufgaben zu helfen. Du solltest zwar nicht den ganzen Haushalt schmeißen, aber du kannst deinen Teil beitragen:

„Ich bot meiner Mutter an, einmal die Woche auf meine kleine Schwester aufzupassen, damit sie ausgehen konnte und eine Pause kriegte." **Jade, (18)**

„Meiner Mutter ging es wirklich schlecht. Deshalb übernahm ich das Kochen und half zusammen mit einer Freundin meiner Mutter bei der übrigen Hausarbeit. Mir wurde erst dann klar, wie viel sie früher gearbeitet hatte." **Rachel, (16)**

Manche Leute passen sich schneller den Veränderungen an als andere. Nach einer Weile wird alles einfacher werden, aber du musst etwas Geduld haben.

Zwischen den Stühlen

Am schlimmsten ist eine Scheidung, wenn dich deine Eltern in ihrem Scheidungskampf als Waffe benutzen. Allerdings ist die Versuchung für deine Eltern groß, wenn die Scheidung schlimm gewesen ist. Sie werden sich vielleicht ständig gegenseitig vor dir schlecht machen oder dich als Boten benutzen. Oder sie zwingen dich, eine Entscheidung für einen von ihnen zu treffen. Der eine kann es dem anderen absichtlich schwer machen dich zu sehen, indem er nie pünktlich ist oder Gründe erfindet, die Vereinbarung zu ändern ...

Das sind die Erfahrungen, die einige Teenager gemacht haben.

Ich fühlte mich total zerrissen

„Ich fühlte mich total zerrissen. Mein Mutter konnte es nicht ausstehen, wenn ich meinen Vater erwähnte. Es war, als ob es ihn nicht mehr geben würde, also redete ich immer weiter über ihn. Sie dachte, ich würde sie absichtlich ärgern. Ich liebte meinen Vater. Das Ganze hat mich wirklich total durcheinander gebracht."

Jane, (15)

„Meine Eltern fetzen sich immer noch über jede Kleinigkeit. Sie sind wirklich gemein zueinander und dann fängt meine Mutter immer zu weinen an. Ich halte es nicht mehr aus. Ich schreie sie an, dass sie aufhören sollen, aber sie sagen nur, ich soll mich nicht einmischen. Ich weiß nicht, was ich machen soll."

Darren, (16)

Darren war traurig und verwirrt. Seine Eltern verhielten sich so, dass er sie nicht wieder erkannte. In einer solchen Lage vergessen sich viele Eltern selbst.

Sie haben mich in ihre Streitereien hineingezogen

John war 13, als sich seine Eltern scheiden ließen. Beide wollten, dass John bei ihnen lebt. Damit begann ein langer, bitterer Kampf um das Sorgerecht. Es gab ständig Krach:

„Es war schrecklich. Jedes Mal, wenn sie sich stritten, versuchten sie mich hineinzuziehen. Papi sagte, er würde es nie zulassen, dass ich mit Mami lebe. Mami sagte, er wäre ein Suffkopf und sie würde es nicht zulassen, dass er mich jeden Abend zum Saufen in die Kneipe mitschleppt. Papi sagte, ihr neuer Freund wäre das Einzige, was für sie zählt. Er brachte mich dazu, dass ich sagte, ich wolle mit ihm leben. Aber als mich der Sozialarbeiter fragte, zu wem ich wollte, bin ich zusammengebrochen und konnte es nicht sagen. Ich wusste nicht, wohin ich wollte. Ich wünschte mir nur, dass es mir jemand sagte. Ich fühlte mich schlecht.
Mami hat viel Familie, aber seit sich Papi von seiner Freundin getrennt hat, hat er niemanden mehr. Er hat nur mich und er tut mir wirklich Leid. Es stimmt, er trinkt, und er kann ganz schön unausstehlich sein, aber ich kann mit ihm über Fußball und solche Sachen reden. Das interessiert Mami nicht. Es lief alles falsch. Ich hatte es satt, wie sie mich gegeneinander ausspielten.“

John, (16)

Papi hat mich gebeten, meiner Mutter hinterherzuschnüffeln

„Jedes Mal, wenn ich Papi treffe, fragt er mich, was Mami so treibt, ob sie einen anderen hat und solches Zeugs. Warum fragt er sie nicht einfach selbst, anstatt mich zu bitten ihr hinterherzuschnüffeln?"

Chris, (15)

Sie waren eifersüchtig wegen mir

Donna wurde von ihren Eltern als Waffe benutzt.

„Manchmal stritten sie sich um mich oder waren meinetwegen aufeinander eifersüchtig. Sie sagten beide, dass ich bei ihnen leben sollte, aber ich wollte bei meiner Omi bleiben. Ich habe ihnen immer wieder gesagt, dass es mich nichts angeht und sie es unter sich ausmachen müssen, aber sie hörten mir gar nicht zu."

Donna, (14)

Lerne, mit Konflikten umzugehen

Deine Eltern haben kein Recht, dich dazu zu zwingen, dass du Partei ergreifst. Das Beste für dich ist beiden zu sagen, dass du sie liebst und niemanden vorziehen wirst. Wenn ein Elternteil will, dass du dem anderen nachspionierst, dann sag ihm, dass er den anderen selbst fragen soll. Du schuldest beiden dieselbe Treue. Lass dich nie in Auseinandersetzungen hineinziehen. Lass sie einfach stehen und es alleine ausfechten. Es macht keinen Sinn mit ihnen zu sprechen, bevor sie nicht mit dem Streiten aufgehört haben.

Wenn die ständigen Streitereien dich bedrücken, dann warte, bis es ruhiger geworden ist, und sage ihnen, dass du das ganze Gezerre leid bist. Das kann ihnen wirklich die Augen öffnen! Ihnen ist vielleicht gar nicht bewusst, wie du dich fühlst. Möglicherweise beginnen sie zu verstehen, was sie dir und einander antun.
Wenn es dir schwer fällt mit ihnen zu reden, warum schreibst du ihnen dann nicht einfach einen Brief? Wenn du alles aufschreibst, profitierst du auch auf andere Weise davon: Du ordnest deine Gedanken und Gefühle, und auch wenn damit deine Probleme noch nicht gelöst sind, wird es dir besser gehen.

Gib niemandem die Schuld

„Meine Mutter ist schuld. Sie hatte zuerst eine Affäre. Dann hatte mein Vater eine, um es ihr heimzuzahlen.“

Clara, (14)

Jessica war sehr wütend darüber, dass ihre Mutter eine Affäre hatte. Sie war ihrer Meinung nach an dem Scheitern der Familie schuld. Aber als die beiden miteinander redeten, erzählte Jessicas Mutter ihr die Geschichte aus ihrer Sicht. Jessicas Vater hatte immer nur die Arbeit im Kopf, kam immer spät nach Hause und arbeitete sogar an den Wochenenden, was ihre Mutter frustrierte.
Auf den ersten Blick mag es für dich klar sein, wer Schuld hat – zum Beispiel wenn wie in Jessicas Fall

deine Mutter zuerst eine Affäre hatte oder dein Vater Alkoholiker ist oder ein Elternteil den anderen einfach hat sitzen lassen.
Aber du solltest nie vergessen, dass da vielleicht Dinge sind, von denen du nichts weißt, und dass jede Angelegenheit zwei Seiten hat.

Das Leben mit einem Elternteil

Es ist ein großer Unterschied nur mit einem Elternteil zu leben. Normalerweise entscheiden die Eltern, bei wem die Kinder bleiben, und manchmal fragen sie die Kinder um ihre Meinung. Es kann schrecklich sein, wenn du entscheiden musst, mit wem du wohnen willst, und ganz besonders, wenn du einfach nur mit beiden leben willst. Aber du solltest dich nicht unbedingt für denjenigen entscheiden, den du mehr liebst. Du musst alleine entscheiden, wo du dich am glücklichsten und geborgensten fühlst, und es dann deinen Eltern mitteilen.
Freddie, der heute 16 ist, wollte nicht bei seiner Mutter bleiben, weil er nicht mit ihrem neuen Partner auskam.

„Wir stritten uns immer nur. Sie mochte es nicht, wenn meine Freunde mich besuchen kamen, und ich musste abends immer viel zu früh nach Hause kommen. Ich sagte, dass ich mit meinem Vater leben wollte – und so kam es dann.“

Freddie, (16)

„Es war klar, dass ich bei meiner Mutter leben würde, weil mein Vater Sänger ist. Er ist ständig auf Tour, und ich war es gewohnt, bei meiner Mutter zu sein. Mein Vater lebt in den Staaten, deshalb besuche ich ihn in den Ferien und jede zweite Weihnachten."

Jessica, (14)

Meistens bleiben auch heute noch die meisten Kinder bei ihren Müttern, weil sie es angeblich besser gewohnt sind sich um sie zu kümmern. Das stimmt natürlich nicht. Väter sind genauso gute Eltern wie Mütter und viele Kinder leben glücklich bei ihren Vätern.

Ihr könnt nach der Scheidung ganz verschieden leben. Manche Kinder leben mit einem Elternteil und sehen den zweiten nur zu festgelegten Zeiten. Manche leben erst für eine Weile mit einem Elternteil und danach mit dem zweiten. Bei einigen wenigen ändern sich die Abmachungen mehrere Male. Wenn deine Eltern zusammen zu keinem Entschluss kommen, dann wird das Gericht zusammen mit dir die Entscheidung übernehmen.

Der Elternteil, den du täglich siehst, stellt die Regeln auf – er sagt dir, dass du um zehn zu Hause sein musst, hält dich dazu an, im Haushalt zu helfen und deine Hausaufgaben zu machen. Es ist natürlich nicht schwer auf den Gedanken zu kommen, dass das Leben mit dem anderen Elternteil viel besser wäre – was mit ziemlicher Sicherheit ein Irrtum ist. Wenn du nämlich den anderen Elternteil besuchst, unternehmt ihr immer Sachen, die Spaß machen – aber du darfst nicht vergessen, dass das nur so ist, weil du ihn nur ab und zu siehst und er genug Geld und Zeit hat, dich zu verwöhnen.

Halte Kontakt mit dem abwesenden Elternteil

Ein Viertel aller Teenager, deren Eltern sich haben scheiden lassen, verlieren innerhalb von zwei Jahren den Kontakt zu dem Elternteil, der weggezogen ist. Das sind die häufigsten Gründe dafür:

- Das Geld reicht nicht. Es kann sein, dass der Elternteil in einem anderen Land lebt und nicht das Geld hat, um dich regelmäßig zu besuchen.
- Es ist zu mühsam. Wenn ein Elternteil weit weg lebt, kann es sehr anstrengend sein sich zu einem Besuch aufzuraffen. Vielleicht ist dort auch kein Zimmer übrig, in dem du bei deinen Besuchen schlafen kannst.
- Der Teenager will den Elternteil nicht sehen. Das ist meistens der Fall, wenn du ihm die Schuld für die Trennung gibst.

Aber egal mit wem du lebst, du wirst immer den Elternteil vermissen, der nicht da ist. Du darfst nicht vergessen, dass zum Beispiel deine Mutter immer deine Mutter bleibt, auch wenn ihr nicht mehr zusammen wohnt. Es ist für einen Elternteil natürlich schwerer zu zeigen, wie sehr er dich lieb hat, wenn er weit weg wohnt. Aber wenn ihr euch seht, solltet ihr beide die

Gelegenheit nutzen euch gegenseitig zu zeigen, wie viel ihr einander bedeutet. Das mildert viele Schwierigkeiten. Es mag dir schwer fallen, aber du solltest wenn möglich versuchen den Kontakt zu halten. Wenn ihr euch nicht in Person sehen könnt, dann schreib oder telefonier mit dem Elternteil. Wenn du das nicht tust, wirst du es vielleicht später bereuen. Sei hartnäckig!

„Jedes Wochenende übernachten entweder ich oder meine Schwester oder wir beide in Papis Haus. Meistens freitags oder samstags nachts. Er besucht uns manchmal unter der Woche. Das ist gut, weil ich so Papi immer noch sehe.“ **Louise, (16)**

Es liegt an mir Treffen zu vereinbaren

„Ich sehe Papi einmal die Woche. Es liegt an mir die Treffen zu vereinbaren.“ **Paula, (15)**

„Ich lebte eine Zeit lang mit meiner Mutter ohne meinen Vater richtig zu sehen. Das hat mich wirklich gestört; also habe ich mit meiner Mutter darüber geredet. Jetzt sehe ich ihn, wann ich will, aber meistens am Wochenende.“ **Jane, (15)**

Er hat keine Lust, mich zu sehen

Es kann sehr wehtun, wenn du den Kontakt zu einem Elternteil dadurch verlierst, dass er ausgezogen ist und nicht in Verbindung bleiben will.

„Seit der Trennung hasst mich mein Vater. Er ignoriert mich völlig. Er interessiert sich für nichts, was ich tue oder sage. Er ist nicht einmal aufgetaucht, als ich einmal an der Schule bei einem Theaterstück mitgespielt habe."

Rachel, (16)

Vergiss nicht, dass der Schein trügen kann. Wenn dein Vater zum Beispiel „Schuld hatte", er deine Mutter wegen einer anderen Frau verlassen hat, kann es sein, dass er deswegen ein so schlechtes Gewissen hat, dass er glaubt, dass du ihn nicht sehen willst! Du solltest sicher gehen, dass sowohl dein Vater wie deine Mutter wissen, dass du sie weiter sehen willst. Auch wenn sich deine Eltern in den Haaren liegen, hindert dich das nicht daran mit dem abwesenden Elternteil eine Abmachung zu treffen. Und du brauchst nicht zu glauben, dass du damit den Elternteil betrügst, bei dem du lebst – es ist ganz normal, wenn du beide sehen willst, ganz gleich, was passiert ist.

Es könnte gefährlich sein, meinen Vater zu sehen

„Mami wollte nicht, dass ich Papi sehe, weil er mit Drogen handelte. Da sollte ich nicht reingeraten. Und ich will ihn sowieso nicht sehen: Er ist ein Schwein, weil er meiner Mutter nicht geholfen hat."

Rachel, (16)

In sehr seltenen Ausnahmefällen kann es für dich gefährlich sein einen Elternteil zu sehen. Vielleicht ist er gewalttätig oder drogenabhängig. Du solltest natürlich in einem solchen Fall auf andere Leute hören, aber es kann sein, dass du ihn trotzdem vermisst. Vielleicht kannst du ja dann schreiben oder telefonieren, damit der Kontakt nicht abbricht.

Ich will Papi nicht sehen

„Mami wusste, dass ich niemals bei Papi leben wollte. Ich will ihn nicht sehen, aber meine Schwester tut es." **Rachel, (16)**

Auch wenn du im Augenblick den abwesenden Elternteil nicht sehen willst, kann sich das später ändern. Verbau dir nicht die Chance dazu – du kannst immer noch schreiben oder anrufen, wenn du ihn jetzt nicht sehen willst.

Endlich kann ich mit Papi reden

Es hat auch seine guten Seiten, statt einem Zuhause plötzlich zwei zu haben:

„Vor der Scheidung standen Papi und ich uns nicht nahe. Es war schwer ein normales Verhältnis zu ihm zu haben; er hat ständig auf Mami rumgehackt. Ich bin jetzt richtig glücklich. Ich habe nicht das Gefühl, etwas zu verpassen, weil er nicht ständig da ist. Ich habe herausgefunden, dass ich mit ihm über fast alles reden kann, wenn ich ihn besuche. Ich habe ihm sogar davon erzählt, als ich zum ersten Mal meine Tage hatte, und er hat das echt toll aufgenommen." **Jane, (15)**

Ich bin jedes Mal durcheinander, wenn ich Mami besuche

Es kann dich ganz schön durcheinander bringen, wenn du zwei Zuhause hast, besonders am Anfang. Wenn es dir wehtut oder dich verwirrt einen Elternteil zu besuchen, solltest du mit beiden darüber reden. Wenn das nicht geht, dann bitte einen Dritten zu vermitteln. Man darf dich nicht zu Besuchen zwingen, die du nicht willst.

Du bist vielleicht immer traurig, wenn du nach dem Besuch nach Hause gehst, aber du solltest dann versuchen daran zu denken, dass du den Elternteil bald wieder siehst. Du kannst ja Pläne für das nächste Mal machen. Dann fällt es dir leichter zu gehen.

Ich will mit meinen Freunden zusammen sein

Es ist völlig normal, dass du mehr Zeit mit gleichaltrigen Freunden verbringen willst, wenn du älter wirst. Am besten ist es, wenn du die Besuche so legen kannst, dass sie sich nach deinen Bedürfnissen richten und nicht nach dem Lebensstil deiner Eltern. Deswegen bist du noch lange nicht treulos.

Chris merkte, dass es schwierig war sich selbst und seinen Vater zufrieden zu stellen. Er fühlte sich sehr schuldig, weil er sich bei seinem Vater immer langweilte.

„Ich verbringe jedes Wochenende mit Papi. Wir verstehen uns wirklich gut und ich weiß, dass er meine Besuche sehr gern hat. Das Problem ist nur, dass ich mich nach einer Weile immer langweile. Samstagabends will ich mit meinen Freunden losziehen und nicht zu Hause sitzen und fernsehen, egal wie sehr er sich freut, dass ich da bin."

Chris, (15)

Auch wenn du dich schuldig fühlst, solltest du deine Bedürfnisse nicht wegwischen. Als Teenager erlangst du allmählich deine Unabhängigkeit von deinen Eltern und entwickelst enge Bindungen außerhalb der Familie. Wenn dein Vater oder Mutter alleine ist, ist es ganz besonders schwer sich frei zu machen. Chris' Vater fühlte sich einsam und suchte die Gesellschaft seines Sohnes. Chris ließ sich aber davon nicht unter Druck setzen und redete mit seinem Vater darüber. Er sagte ihm, dass er samstagabends mit seinen Freunden weggehen wollte. Anfangs war sein Vater enttäuscht, aber er gewöhnte sich schnell daran. Und es stellte sich heraus, dass Chris sonntags jetzt viel bessere Gesellschaft abgab; er war einfach besser aufgelegt.

8. Der Rest der Welt

Was werden meine Freunde denken?

„Ich wollte es zuerst niemandem erzählen. Es war mir wirklich peinlich. Aber das war natürlich dumm; an der Schule gibt es jede Menge Kinder mit geschiedenen Eltern." **Louise, (16)**

Wenn es zum Bruch kommt, wirst du feststellen, dass du nicht nur mit deinen Gefühlen und den praktischen Veränderungen zurechtkommen musst. Da sind noch die Einstellungen der Leute, die nicht zu deiner unmittelbaren Familie gehören. Ihre Reaktionen können dich angenehm überraschen oder fürchterlich enttäuschen. Manchmal helfen dir gerade die Leute am meisten, von denen du es am wenigsten erwartet hättest. Aber weil Scheidungen heute so normal sind, werden die meisten Leute sie einfach akzeptieren.

Anfangs werden deine Freunde sehr mitfühlend sein. Aber du wirst feststellen, dass Menschen ein kurzes Gedächtnis haben. Wenn sie nicht selbst dasselbe durchgemacht haben wie du, wird ihnen nicht klar sein, wie lange man braucht, um über eine Scheidung hinwegzukommen.

Einige Freunde werden ohne Grund spitze Bemerkungen machen und manche werden sogar gemein zu dir sein. Wenn das passiert, dann vergiss nicht, dass sie vielleicht aus Angst so sind. Sie haben Angst, dass es ihnen so wie dir ergehen könnte, und in diesem Fall solltest du versuchen für sie Verständnis aufzubringen.

„Ich versteckte mich hinter einer Maske und ließ mir nicht ansehen, wie es in mir drinnen aussah. Ich wollte nur meine Ruhe. Es hat lange gebraucht, bis ich jemandem davon erzählt habe. Ich sagte es nicht einmal meiner besten Freundin, obwohl sie immer für mich da war. Es ging einfach nicht. In der Schule habe ich mich abseits hingesetzt und darüber nachgegrübelt, wie es sein würde, wenn meine Eltern noch zusammen wären. Einmal fragten mich meine Freunde, ob was nicht stimmen würde. Ich sagte nichts und versuchte, es einfach nicht an mich ranzulassen. Eines Tages brach es dann einfach aus mir heraus."

Louise, (16)

Es ist ganz natürlich, dass es dir peinlich und unangenehm ist, wenn ein Elternteil auszieht. Aber es ist nicht deine Schuld und heute empfindet praktisch niemand mehr eine Scheidung als eine Schande. Du brauchst keine Angst zu haben, dass jemand über dich urteilt. Die meisten Leute werden für dich und deine Lage Verständnis haben. Manchmal wollen Freunde auch helfen, wissen aber nicht, was sie machen oder sagen sollen. Auch wenn es dir schwer fällt, solltest du deinen Freunden sagen, was los ist. Es ist ganz schön schwierig die Wahrheit zu verstecken, und deine Freunde können dir viel Unterstützung geben. Vielleicht haben ja einige von ihnen schon etwas Ähnliches durchgemacht.

Der Rest der Welt

„Ich erzählte es nur meinen engsten Freunden. Meine beste Freundin war sehr verständnisvoll. Sie hatte selber eine Scheidung der Eltern durchgemacht, und es ging mir viel besser, weil ich mit jemandem sprechen konnte, der wusste, wovon ich redete."

Jane, (15)

„Meine Freunde waren nett zu mir und machten kein großes Theater darum. Sie vergewisserten sich, dass mit mir alles in Ordnung war. Sie haben mich nie wegen der Scheidung gepiesackt."

Louise, (16)

„Ich habe es praktisch beiläufig erzählt. Ein paar Freunde fragten, warum ich umziehe, und dann sagte ich es ihnen."

Michael, (18)

Soll ich anderen davon erzählen?

„Meinem Lehrer? Niemals!"

Paula, (15)

Wissen deine Lehrer über die Trennung Bescheid? Wahrscheinlich haben es deine Eltern ihnen gesagt, aber du solltest ernsthaft darüber nachdenken, ob du ebenfalls mit ihnen sprechen willst. Vielleicht bist du ja nicht mehr so eifrig bei der Sache oder bekommst schlechtere Noten. Deine Lehrer werden dafür Verständnis haben, wenn sie wissen, was bei dir zu Hause los ist. Sonst glauben sie vielleicht noch, dass du einfach faul bist!

„Ich war die ganze Zeit bedrückt. Ich kümmerte mich nicht mehr um meine Hausaufgaben, und dann bekam ich natürlich schlechtere Noten. Mein Klassenlehrer fragte mich, was mit mir los sei. Ich dachte, er würde mir böse sein, aber ich erzählte ihm, dass sich meine Eltern gerade getrennt hatten, und wir fingen an darüber zu reden. Danach ging es mir besser. Er war total nett."

Tony, (16)

Einfach nichts anmerken lassen?

„Nach der Scheidung zogen wir in ein neues Haus und ich kam auf eine neue Schule. Mir ging es total schlecht und anfangs erzählte ich keinem, dass sich meine Eltern hatten scheiden lassen. Ich machte einen auf cool, und wenn mich jemand fragte, ob irgendetwas mit mir nicht stimmte, antwortete ich ‚nein'. Als ich herausfand, dass die Eltern von anderen Kindern in meiner Klasse geschieden waren, ging es mir besser."

Paula, (15)

„Ich hatte Angst, dass Leute anders über mich denken würden, wenn sie davon wüssten, also bin ich ihren Fragen ausgewichen. Dann dachte ich mir, dass es das Beste sei, dazu zu stehen – ich gab einfach ehrliche Antworten. Hinterher hat es niemand mehr erwähnt und mir wurde klar, dass es kein großes Ding war."

John, (16)

Manche Teenager stellen fest, dass sie sich in der neuen Umgebung anders verhalten als früher. Sie verstecken ihre Gefühle, weil sie Angst davor haben, was andere Leute vielleicht über sie denken. Aber wie du am Beispiel Paulas und Johns siehst, ist es besser es allen zu erzählen.

Zwischen den Stühlen

Quiz:

Wie gut kannst du Gefühle zeigen?

Was für ein Typ bist du? Wie reagierst du, wenn du mit einer schwierigen Situation zurechtkommen musst? Gehst du gleich in die Luft? Versuchst du einen klaren Kopf zu behalten und die Sache vernünftig anzugehen? Oder brütest du schweigend vor dich hin und behältst deine Gefühle für dich?

1.

Dein Freund betrügt dich mit deiner besten Freundin. Was machst du?

- a) Du stößt ihm Bescheid.
- b) Du weinst leise vor dich hin und versuchst es dann als eine Erfahrung zu verbuchen.
- c) Du sagst gar nichts und versinkst in Depressionen.

2.

Deine Katze stirbt. Was machst du?

- a) Du weinst dich richtig aus und beerdigst sie.
- b) Du schaffst den Körper weg und beschließt, sobald wie möglich eine neue zu holen.
- c) Du versuchst die Toten ruhen zu lassen.

3.

Der Ex deiner Freundin ruft ständig bei ihr an, angeblich nur um zu reden. Was machst du?

- a) Du sagst deiner Freundin, sie soll ihrem Ex ausrichten, er soll verduften.
- b) Du sagst dir, dass du kein eifersüchtiger Typ bist, und vertraust ihr voll und ganz.
- c) Du sagst nichts und lächelst lieb.

4.

Du kommst zu spät zur Verabredung mit einem Freund und er ist sauer. Was machst du?

➧ a) Du stürmst eingeschnappt davon und verbringst den restlichen Abend vor der Glotze.

➧ b) Du bittest ihn sich zu beruhigen und erklärst ihm, warum du zu spät dran bist.

➧ c) Du sagst nichts, aber hast den restlichen Abend ein schlechtes Gewissen.

5.

Es ist spät geworden die letzten Tage und du fühlst dich ausgepumpt. Eine Freundin ruft an und lädt dich zu einer Party ein. Was machst du?

➧ a) Du sagst ja, aber betonst tausendmal, dass du ihr einen Riesengefallen tust.

➧ b) Du erklärst ihr, dass du früh schlafen gehen willst, und schlägst vor, die Sache auf ein andermal zu verschieben.

➧ c) Du kannst nicht nein sagen. Also gehst du hin und versuchst dich zu amüsieren, hasst aber jede Minute.

6.

Du triffst jemanden, der dir wirklich gefällt. Nach einer Weile habt ihr Blickkontakt. Was machst du?

➧ a) Du flirtest wie ein Wilder und versuchst, so viel Aufmerksamkeit wie möglich auf dich zu lenken.

➧ b) Du lächelst.

➧ c) Du siehst weg.

7.

Du hast eines von diesen unglaublichen neuen Fitnessgeräten gesehen, aber das Taschengeld reicht nicht. Was tust du?

➧ a) Du hast einen Wutanfall und verlangst das Geld von deinen Eltern.

➧ b) Du entscheidest dich, endlich diesen Samstags-Job anzunehmen, um das Geld selbst aufzubringen.

➧ c) Du gehst auf dein Zimmer und schmollst.

Zwischen den Stühlen

Wie hast du abgeschnitten?

- **Hauptsächlich "a":**
  Du bist der König/die Königin der Wutanfälle. Du hältst es für Quatsch, jemals deine Gefühle zu verbergen, und verhältst dich so unverschämt wie möglich. Du solltest dir aber über eines im Klaren sein: Immer auszurasten ist nicht der beste Weg, seinen Willen zu bekommen.

- **Hauptsächlich "b":**
  Du bist Mr./Ms. Cool. Du lässt dich nicht zu Anfällen hinreißen und hast genug Verstand, um deine Probleme pragmatisch zu lösen.

- **Hauptsächlich "c":**
  Man hält dich für gut angepasst und man muss sich nicht anstrengen, um mit dir auszukommen. Insgeheim schmollst du aber immer und bringst es nicht fertig anderen mitzuteilen, was du fühlst. Das ist gefährlich. Wenn du deine eigenen Gefühle verleugnest, enthältst du dir vieles vor, darunter sogar die Fähigkeit das Leben zu genießen.

9. Das neue Leben deiner Eltern

„Alles wurde anders. Wir hatten nicht viel Geld, weshalb wir in eine kleinere Wohnung zogen. Mami musste arbeiten gehen. Als wir klein waren, hat sie nie gearbeitet, aber jetzt geht es mit ihrer Karriere wieder aufwärts. Sie ist jetzt viel glücklicher. Sie hat heute viel mehr Freiheit und kann die Dinge so anpacken, wie sie es möchte."

Paula, (15)

Wenn sich deine Eltern trennen, wird einer von ihnen – oder sogar beide – zum ersten Mal nach Jahren wieder alleine sein. Manche rutschen ganz einfach wieder in das Leben als Single hinein und sind sehr zufrieden damit. Andere brauchen etwas länger dazu. Es kann sein, dass sie sich auf einmal komisch benehmen – und schlimmer noch, sie gehen wieder auf Dates!

Wenn Eltern sich seltsam aufführen ...

Es ist ganz normal, wenn sich Eltern nach einer Trennung wieder wie junge Leute verhalten, ganz besonders wenn sie vorher jahrelang in einer unglücklichen Beziehung festgesteckt haben. Stell dir vor – endlich wieder frei! Dein Vater und deine Mutter sind endlich geschieden, haben wieder eigenes Geld und das Leben geht weiter. Warum sollten sie in Selbstmitleid schwelgen? Es kann sein, dass sie es sogar etwas übertreiben. Der Anblick lässt dich wahrscheinlich schaudern, aber mach dir keine Sorgen – das geht vorbei!

Zwischen den Stühlen

Trotzdem bist du wahrscheinlich total überrascht, wenn deine Mutter oder dein Vater plötzlich wieder auf Dates geht.

Eltern und Dates

„Mami geht fast jede Nacht aus. Ich mag das nicht. Manchmal bringt sie irgendwelche Typen mit." **Jessica, (15)**

„Wie kann sie sich so kurz nach der Scheidung mit jemandem einlassen? Ich kann ihren Freund nicht ausstehen. Er ist ein Fiesling. Beim Gedanken, dass die beiden miteinander schlafen, wird mir schlecht. Ich tue alles, was ich kann, damit er abhaut." **Carla, (14)**

Es ist keine gute Idee die neue Beziehung eines Elternteils kaputtzumachen. Wie würde es dir gehen, wenn dir deine Eltern verbieten würden dich mit Jungs oder Mädchen zu treffen?
Du kannst dir wahrscheinlich nur schwer vorstellen, dass deine Eltern jemals auf Dates gegangen sind, und wenn sie wieder damit anfangen, kommt es dir komisch vor.
Es kann auch sein, dass du es als einen Betrug empfindest, wenn ein Elternteil wieder ein Date hat. Es ging einfach alles zu schnell. Das kann schon sein, aber versuch die Sache einmal aus der Sicht deiner Eltern zu sehen.

- Dein Vater und deine Mutter sind vielleicht einsam, so wie Carlas Mutter.
- Vielleicht vermissen sie Sex (ein Gedanke, der für dich nur schwer zu ertragen ist).
- Sie können sich an das Leben als Single nicht gewöhnen und versuchen eine neue Beziehung anzuknüpfen.
- Sie fühlen sich unsicher und zu nichts nutze, ganz besonders wenn sie wegen jemand anderem verlassen wurden. Sie müssen lernen sich wieder für attraktiv zu halten.

„Ich glaube, meine Mutter konnte sich selbst nicht mehr ausstehen. Mein Vater hat sie immer gedemütigt und sie hat alles geglaubt. All die Männer, die sie angeschleppt hat – ich glaube, sie wollte beweisen, dass sie immer noch attraktiv ist."

Olivia, (15)

Es ist nicht ungewöhnlich, wenn Eltern als „frisch gebackene Singles" viele verschiedene Partner haben. Das wird aber nicht immer so bleiben. Früher oder später lassen sie sich wieder auf eine feste Bindung ein. Lizzies Eltern trennten sich, als sie 14 war, und seitdem hat sie mit ihrem Vater gelebt.

„Mein Vater hatte immer schon eine sehr offene Einstellung zu Sex und er machte kein Hehl daraus, dass er Frauen mit nach Hause brachte. Mir gefiel das nicht. Ein paar Mal kam ich nach Hause und er knutschte mit irgendeiner Frau auf dem Sofa rum. Wie gesagt, mir gefiel das nicht, aber ich sagte nie etwas,

sondern akzeptierte es einfach. Ich war wirklich erleichtert, als er Caroline kennen lernte. Sie sind jetzt drei Jahre zusammen und scheinen sehr glücklich zu sein.“

Lizzie, (18)

Homosexuelle Eltern

Dir ist vielleicht gar nicht klar gewesen, dass einer deiner Elternteile schwul oder lesbisch ist. Du hast es erst gemerkt, nachdem sie sich getrennt hatten und wieder ausgingen.

„Als mir Papi sagte, er wäre schwul, machte das für mich keinen Unterschied; ich akzeptierte es einfach.“

Jamie, (15)

Es kommt sehr selten vor, dass schwule oder lesbische Elternteile das Sorgerecht für die Kinder bekommen - auch wenn sie nachweislich gut für ihre Kinder sorgen und ein gutes Verhältnis zu ihnen haben. Leider gibt es gegen Schwule und Lesben immer noch viele Vorurteile. In Wahrheit kann aber eine homosexuelle Familie ein ebenso liebevolles und behütetes Zuhause sein wie eine heterosexuelle.
Jamies Eltern trennten sich, als er 13 war, und sein Vater zog zu seinem neuen Partner.

„Ich lebe mit Mami, aber die Wochenenden verbringe ich mit Papi und seinem Freund. Ich verstehe mich mit allen sehr gut. Wir sind nicht anders als andere Familien.“

Jamie, (15)

Es ist klug, nicht jedem davon zu erzählen. Lass nicht zu, dass du zum Opfer von dummen Menschen wirst, die dich ärgern und piesacken wollen.

„Wir beschlossen, es nicht an die große Glocke zu hängen, damit Papi nicht drangsaliert wird. Meine größte Sorge war, dass mich meine Freunde im Stich lassen würden, wenn sie davon hörten. Ich habe es ihnen trotzdem gesagt. Die meisten haben kein Problem damit, aber ein paar versuchen mich damit aufzuziehen. Die Lehrer stehen hinter mir. Ich rate allen Kindern, die man schikaniert, weil sie homosexuelle Eltern haben, einfach nicht darauf einzugehen. Es macht keinen Unterschied: Meine Eltern lieben mich noch genauso wie vorher."

Jamie, (15)

Die neuen Beziehungen deiner Eltern

„Anfangs sahen die Freunde meiner Mutter genauso aus wie mein Vater. Das hat mich nicht gestört. Aber als sie mit einem Typ anfing, der total anders aussah, war das anders. Sie trifft sich immer noch ab und zu mit ihm."

Olivia, (15)

Deine Eltern werden aller Wahrscheinlichkeit nach irgendwann eine neue Beziehung anfangen. Versuch, den neuen Partner nicht mit dem alten deiner Mutter oder deines Vaters zu vergleichen, auch wenn es dir schwer fällt. Du kannst ihn vielleicht nicht ausstehen, weil du ihm die Schuld für die Trennung deiner Eltern gibst. Du liebst deine Eltern wahrscheinlich, ganz egal, was passiert ist, und es macht die Sache für alle leichter, wenn du versuchst, mit dem neuen Partner auszukommen. Frag dich, was dir an der neuen Beziehung nicht behagt. Hast du Angst, dass dein Vater oder deine Mutter dich weniger lieben, wenn er oder sie sich neu verlieben? Hast du Angst, dass sie wieder heiraten und eine neue Familie gründen? Wenn du dir deine Ängste erst einmal eingestanden hast, kannst du mit ihnen umgehen.

Und du solltest nicht vergessen, dass deine Meinung die Entscheidung deiner Eltern sich scheiden zu lassen, kaum beeinflusst hat, und das ist jetzt nicht anders. Versuch, das Beste daraus zu machen. Du hast schließlich dein eigenes Leben und es hat keinen Sinn andere wegen Entscheidungen zu bedrängen, auf die du keinen Einfluss hast.

Deine Eltern werden sich vielleicht sogar entschließen aus ihrer Beziehung eine bleibende Angelegenheit zu machen ...

10.

Schritt für Schritt Stieffamilien

In England wachsen ungefähr zweieinhalb Millionen Kinder in Stieffamilien auf. Meistens sind die Kinder die ganze Zeit in ihren Stieffamilien, aber manche kommen auch nur hin und wieder zusammen, etwa am Wochenende oder während der Schulferien. Aber egal in was für einer Stieffamilie du lebst, eines ist sicher: Sie kann eine ganz schöne Herausforderung für dich sein, besonders am Anfang.

Das Wichtigste ist, dass du dir klar machst, dass die neue Situation alle Beteiligten mitnimmt. Das gilt für dich und deine leiblichen Eltern ebenso wie für deine Stiefeltern und ihre Kinder. Auf der einen Seite freust du dich über den neuen Elternteil, aber auf der anderen Seite wirst du die Veränderungen, die sich daraus ergeben, nur zögerlich annehmen. Dein Eltern- und Stiefelternteil werden natürlich auf das Beste hoffen.

Was hältst du von der Heirat?

„Anfangs hatte ich Angst, dass mein Stiefvater furchtbar sein würde, Mami ausnutzen würde und so weiter. Wahrscheinlich war das so, weil ich so viele schreckliche Geschichten über Stieffamilien gehört habe. Von Kindern, die von ihren Eltern sexuell missbraucht werden, und solches Zeugs.“

Stephan, (16)

Diese Gefühle sind ganz normal:

- **TRAUER**
  Solange keiner deiner Eltern eine feste Beziehung hat,

kannst du immer noch davon träumen, dass sie wieder zusammenfinden. Jetzt geht das nicht mehr.

- **EIFERSUCHT**

Nachdem du mit einem Elternteil die schreckliche Zeit der Trennung durchgemacht hast, seid ihr euch wahrscheinlich sehr nahe gekommen. Wenn jetzt ein neuer Mann oder eine neue Frau auftaucht, kann das für dich ein Schock sein. Du hast das Gefühl, dass dich der neue Partner ersetzt und du nur noch an zweiter Stelle kommst. Es gibt viele verschiedene Stufen der Eifersucht: Vielleicht ist dir nur etwas unbehaglich oder aber du bist verbittert und fühlst dich betrogen.

- **WUT**

„Ich wollte einfach nicht wahrhaben, dass Mami Mike mehr mochte als Papi. Ich konnte ihn nicht ausstehen. Jedes Mal, wenn er zu uns nach Hause kam, war ich frech zu ihm. Mami hat das richtig geärgert, aber mir war das egal.“

Jessica, (15)

Es wird dich ganz besonders wütend machen, wenn du den Eindruck hast, dass der Stiefelternteil den Platz des Abwesenden einnimmt.

„Dann zog Mike auch noch bei uns ein. Das hat mich wirklich geärgert. Er führte sich so auf, als ob alles ihm gehörte. Ich war richtig wütend. Ich hatte schon genug durchgemacht; ich konnte nicht auch noch irgend so einen Typen im Haus gebrauchen.“

Jessica, (15)

Alle diese Gefühle sind normal. Gesteh sie dir ein und sprich über sie. Aber du wirst vielleicht noch etwas anderes spüren:

- **HOFFNUNG**

  „Papi hatte nie Zeit für uns. So wie damals, als er nicht zur Aufführung gekommen ist. Er hatte immer eine Entschuldigung parat, meistens die Arbeit. Ich dachte wirklich, mein Stiefvater würde anders sein." **Rachel, (16)**

Du hoffst möglicherweise, dass dir das neue Familienmitglied etwas gibt, was dir der ausgezogene Elternteil nicht geben konnte.
Aber wenn du dir zu viel erhoffst, erwartet dich vielleicht eine Enttäuschung. Finde dich damit ab, dass dein Stiefvater oder deine Stiefmutter nur ein Mensch ist und nicht alles wieder gutmachen kann.

Stiefeltern

Sie ersetzt meine Mami

Viele Teenager freuen sich nicht gerade darauf in einer Stieffamilie zu leben. Die schmerzhafte Zeit der Scheidung ist ihnen noch zu gut in Erinnerung. Janets Vater heiratete kurz nach der Scheidung wieder.

„Sharon war nicht meine Mami und konnte es nie werden. Ich glaube, dass ich sie ganz schön verletzt habe;

ich habe sie einfach nicht an mich rangelassen. Obwohl sie mindestens eine so gute Mutter wie meine echte war.“

Janet, (14)

Janet, die mit ihrem Vater lebte, wollte nichts mit ihr zu tun haben. Immer wenn Sharon zu Besuch kam, verschwand sie auf ihrem Zimmer. Als Sharon einzog, wurde alles noch schlimmer:

„Ich hatte die Nase voll von all den Veränderungen. Und jetzt sollte ich auch noch akzeptieren, dass diese Frau in unserem Haus wohnt. Ich wollte keine zweite Mutter.“

Janet, (14)

Janet hatte das Gefühl, dass ihr Vater ihre Mutter durch eine neue ersetzen wollte. Aber das stimmte nicht. Nur weil du jetzt eine neue Familie hast, heißt das noch lange nicht, dass es die alte nicht mehr gibt. Deine Eltern sind immer noch deine Eltern und werden es auch bleiben. Ein Stiefvater oder eine Stiefmutter ersetzen nicht deinen Papi oder deine Mami. Du musst sie nicht mögen oder sogar lieben, aber du solltest dich bemühen sie zu respektieren und auf sie zu hören.

Meine Stiefmutter mag mich nicht

„Irgendwie kommen wir schon miteinander aus, aber es ist schwer. Es scheint sie nicht zu kümmern, ob ich da bin oder nicht.“

Kate, (12)

Hast du eine böse Stiefmutter? Warum hat jeder schon einmal von einer bösen Stiefmutter gehört? Kannst du dich an Hänsel und Gretel erinnern? Ihre Stiefmutter hasste sie und versuchte die beiden loszuwerden. Du wirst vielleicht denken, dass es dir ähnlich wie Kate ergeht, aber in Wirklichkeit liegst du damit beinahe garantiert falsch. Deine Stiefmutter oder dein Stiefvater sind keine Ungeheuer. Ob du es glaubst oder nicht, er oder sie wollen bestimmt so gut wie möglich mit dir auskommen. Versetz dich mal in die Lage deiner Stiefmutter. Sie hat es nicht leicht mit dir. Die Situation ist für sie genauso ungewohnt und neu wie für dich, und sie macht sich bestimmt viele Sorgen und fragt sich, ob sie wohl zurechtkommen wird. Und wenn sie spürt, dass du sie nicht hier haben willst und sie dir nichts recht machen kann, machst du ihr damit das Leben auch nicht leichter. Sie braucht dich als Freund. Anfangs wir es dir schwer fallen, dich an die vielen neuen Dinge zu gewöhnen, aber wenn du dich etwas bemühst, wirst du nach einer Weile vielleicht feststellen, dass deine Stiefmutter gar nicht so übel ist. Wer weiß, du fängst vielleicht sogar an, sie zu mögen.

Zwischen den Stühlen

Meine Stiefmutter ist so streng

Du musst dich auf viele Veränderungen einstellen, und niemand behauptet, dass das für dich einfach ist. Du musst dich an neue Spielregeln anpassen. Aber nach und nach werdet ihr euch aneinander gewöhnen und festlegen, wie oft du fernsehen darfst, wie lange du weggehen darfst, wann du deine Hausaufgaben machst usw. Ihr müsst euch gemeinsam auf die neuen Regeln einigen und auch darüber, was passiert, wenn sie einer von euch verletzt. Dabei müssen beide Seiten etwas nachgeben. Du denkst natürlich, dass deine Stiefmutter (oder dein Stiefvater) nicht dasselbe Recht über dich hat wie deine Eltern. Deine Stiefmutter (oder dein Stiefvater) wird sich manchmal dennoch gezwungen sehen, die Grenzen festzusetzen. Aber der einzige Weg, Probleme zu lösen, ist, dass ihr darüber redet. Wenn du zum Beispiel glaubst, dass irgendeine Regel nicht fair ist, dann rede mit Eltern und Stiefeltern darüber. Ihr werdet bestimmt eine Lösung finden, mit der ihr alle leben könnt.

Wenn du das Gefühl hast, dass nur dein leiblicher Elternteil dir Vorschriften machen darf, dann rede auch darüber mit ihnen. Das ist auf jeden Fall besser, als mit ihnen zu streiten oder zu schmollen.

Papi hat sich total verändert

„Als Papi Claire heiratete, hat er sich total verändert." **Kate, (12)**

Ein neuer Partner kann in deinem Vater oder in deiner Mutter dir ganz unbekannte Seiten zum Vorschein bringen. Je nachdem, mit wem man zusammen ist, benimmt man sich eben immer anders. Bei dir ist das bestimmt genauso. Trotzdem kann dir das Ganze Sorgen machen und du musst dich erst einmal daran gewöhnen. Versuche mit deinem Vater oder deiner Mutter darüber zu reden, wie sie sich verändert haben und was es in dir ausgelöst hat.
Es kann sogar sein, dass sie sich zu ihrem Vorteil verändern.

„Papi war immer total unordentlich. Er hat seine schmutzigen Klamotten einfach auf dem Boden liegen lassen und die dreckigen Stiefel in der Küche abgestellt. Igitt! Mami hat sich das immer gefallen lassen, aber meine Stiefmutter ist da anders: Sie hat ihn gezwungen seine Sachen aufzuheben und seine Stiefel selbst zu putzen." **Mark, (15)**

Ich kenne sie jetzt besser; sie ist in Ordnung

„Ich konnte meine Stiefmutter nicht ausstehen. Aber jetzt kenne ich sie besser und sie ist wirklich lieb und nett. Wir sind nicht immer einer Meinung und ich ärgere mich oft über sie, aber sie ist echt in Ordnung." **Janet, (14)**

Die Teenager, die zu diesem Buch beigetragen haben und mit ihrem Stiefelternteil auskommen, waren sich über eins einig: Der Stiefelternteil ist für sie wie ein guter Freund. Sie können ihn um Rat oder Hilfe bitten, sich bei ihm ausweinen und manchmal haben sie sogar die gleichen Hobbys und Interessen. Als Freund kann der Stiefelternteil sie kritisieren oder Ratschläge geben, aber er hat nicht die Autorität ihrer leiblichen Eltern.

Stiefgeschwister

Hat dein Stiefelternteil Kinder? Es kann sehr schwer sein, eine Stiefschwester oder einen Stiefbruder zu akzeptieren.

Meine Stiefschwester ist eine Langweilerin

„Ich war wirklich wütend, als mir Mami sagte, dass Steph, meine Stiefschwester, bei uns wohnen würde. Anfangs war es wirklich schwierig. Steph war fast immer nur in ihrem Zimmer und redete mit niemandem. Sie war eine echte Langweilerin."

Donna, (14)

Es war nicht leicht, und es brauchte eine Weile, aber schließlich fand Donna heraus, dass sie und Steph etwas gemeinsam hatten: Ihre Eltern hatten sich beide scheiden lassen. Donna und Steph wurden gute Freunde. Sie mussten natürlich vorher viele Schwierigkeiten überwinden. Donna musste sich ein Zimmer mit ihrer Stiefschwester teilen, als ihre Mutter wieder heiratete. Donna gefiel das überhaupt nicht, aber sie bemühte sich es zu akzeptieren.

Sie verwöhnt meine Stiefschwester

„Meine Stiefschwester benutzt immer mein Make-up oder leiht sich meine Klamotten. Das macht mich rasend. Ich habe es meiner Mutter gesagt, aber für sie ist das kein großes Ding. Ich wünschte, sie wäre nicht immer auf der Seite meiner Stiefschwester."

Donna, (14)

Es kann sein, dass dein Vater oder deine Mutter alles tut, um dein Stiefgeschwister fair zu behandeln und dich nicht zu bevorzugen. Dabei schießt er oder sie vielleicht ohne es zu wollen über das Ziel hinaus und macht dir das Leben schwer. Donnas Fall ist typisch. Donna hatte das Gefühl, dass sich ihre Mutter auf die Seite ihrer Stiefschwester stellte. Donnas Meinung nach schien ihrer Mutter das Stiefkind offensichtlich mehr am Herzen zu liegen als ihr leibliches. Aber in Wirklichkeit war Donnas Mutter so sehr darauf aus mit ihrem Stiefkind gut auszukommen, dass sie dazu neigte mit ihrem leiblichen Kind strenger umzuspringen. Nachdem ihr klar geworden war, dass Donna nicht einfach nur gemein, sondern wirklich verletzt war, brachte sie es fertig mit ihrer Stieftochter zu sprechen. Sie bat Steph, Donna erst zu fragen, bevor sie sich etwas von ihr auslieh.

„Es war toll einen Stiefbruder zu haben, wenn ich Papi besuchte. Wir hatten viel Spaß miteinander. Aber mein Vater hat sich nicht um mich gekümmert. Er hat immer meinen Stiefbruder bevorzugt. Er hat sich viel mehr Zeit für ihn genommen als für mich. Ich hatte wirklich das Gefühl in den Hintergrund gedrängt zu werden.“

Jason, (16)

„Das Schlimmste war, dass ich eifersüchtig wurde. Sie haben ihn immer bevorzugt. Meinem Stiefbruder ging es prima. Er war neu in der Familie und alles drehte sich nur um ihn.“

Mark, (15)

„Ich bin vorher das einzige Kind gewesen, aber mein Stiefvater hatte zwei Kinder. Anfangs war es ein bisschen ein komisches Gefühl zu einer großen Familie zu gehören, aber inzwischen mag ich es, obwohl einer meiner Stiefbrüder ein totaler Looser ist.“

Tina, (15)

… und ein Baby

Es schweißte mich und meine Stiefbrüder zusammen

„Ich war total platt, als mir meine Mutter erzählte, sie wäre schwanger. Meinen Stiefbrüdern ging es genauso. Es passte uns nicht. Das war das erste Mal, dass wir uns über irgendetwas einig waren. Wir waren ganz schön gemein zu Mami, während sie schwanger war.“

Rachel, (16)

Rachel und ihre Stiefbrüder glaubten, dass ihre Eltern eine neue, eine dritte Familie gründeten, zu der sie nicht dazugehörten. Sie fühlten sich zur Seite gedrängt und ihre Ablehnung schweißte sie zusammen. Sie hatten Angst, dass ihre Eltern das neue Baby mehr als sie lieben würden.

„Als Pete dann auf die Welt kam, ist etwas Unglaubliches passiert: Er verband uns miteinander, weil wir das Gefühl hatten, dass er zu beiden Familien gehörte."

Rachel, (16)

„Ich finde es toll. Ich mag es die Zweitälteste zu sein. Meine Stiefgeschwister sind für mich wie echte Geschwister. Es würde mir nie einfallen sie schlechter als meinen richtigen Bruder zu behandeln; dazu sind sie mir viel zu wichtig. Aber das Beste ist, dass sie und meine Stiefmutter für mich eine Abwechslung sind. Es ist anders mit ihnen als mit meiner richtigen Familie."

Louise, (16)

Zwischen den Stühlen

Sexualität in der Stieffamilie

„Mein Vater und meine Stiefmutter knutschten immer auf dem Sofa - igittigitt!“

Jade, (18)

Sexualität ist in jeder Familie eine wichtige Frage, aber es kann sein, dass sie in Stieffamilien etwas mehr Aufmerksamkeit erfordert. Nicht weil es einen so großen Unterschied darin zu anderen Familien gibt, sondern weil die Sexualität in Stieffamilien für dich offensichtlicher ist.

Jedem Jugendlichen kommt es irgendwann komisch vor, dass seine Eltern miteinander schlafen. Einige finden den Gedanken sogar ziemlich abstoßend. Wenn dein Vater oder deine Mutter wieder geheiratet haben, fällt es dir wahrscheinlich sehr schwer zu akzeptieren, dass sie ein Liebesleben haben. Vielleicht hast du das Gefühl am liebsten aus dem Zimmer gehen zu wollen, wenn sie einander berühren. Vielleicht schießt auch die Eifersucht in dir hoch – es liegt auf der Hand, dass Sex und Eifersucht in dieser Situation miteinander zusammenhängen.

Die Kombination deiner eigenen sexuellen Gefühle mit denen deiner Eltern und Stiefeltern kann ganz schön explosiv sein. Den meisten Familien fällt es schwer über Sex zu sprechen, und in Stieffamilien ist es noch schwerer. Mütter und Töchter scheinen das Thema viel entspannter anzugehen und können viel freier darüber reden als Väter und Söhne. Wenn du mit deinen Eltern nicht offen über Sex sprechen kannst, dann sprich mit einem Freund darüber oder ruf bei einer Beratungsstelle an (siehe Kapitel zwölf).

Mein Stiefvater ist immer ins Badezimmer gekommen

„Es war mir wirklich peinlich. Mein Stiefvater ist immer nackt im Haus herumgelaufen oder kam ins Badezimmer, wenn er wusste, dass ich drin war."

Natasha, (15)

Es kann vorkommen, dass Erwachsene und Teenager sich sexuell zueinander hingezogen fühlen. In Familien, in denen die Eltern ihre Kinder von Anfang an haben aufwachsen sehen, wird das aber fast nie vorkommen. In Stieffamilien, in denen der Erwachsene die Kinder nur als Teenager kennt, ist die Angelegenheit aber schwieriger. Dein Stiefvater oder deine Stiefmutter sollten kein sexuelles Interesse an dir zeigen. Wenn das aber doch der Fall sein sollte, dann behalt es nicht für dich, sondern sprich mit jemandem darüber – mit deinem leiblichen Elternteil oder einem Freund oder einem Lehrer. Den meisten Teenagern fällt das sehr schwer, aber du musst dich in einer solchen Lage damit befassen.

Man darf die Frage des sexuellen Missbrauchs nicht einfach ignorieren. Die meisten Leute glauben, dass so etwas bei ihnen in der Familie nicht passieren könnte, aber es gibt eindeutige Belege dafür, dass sexueller Missbrauch viel öfters passiert, als wir glauben. Zum

Beispiel kann der Stiefvater seine Sexualität als Waffe einsetzen um entweder seine Stieftochter zu verführen oder sie bei Streit in der Familie auf seine Seite zu ziehen. Eine sexuelle Beziehung zwischen einem Stiefelternteil und einem Teenager ist in jedem Fall verkehrt. Du kannst dem Missbrauch nur entkommen, indem du jemandem davon erzählst. Du musst dich selbst schützen.

Ich stehe auf meinen Stiefbruder

„Mein Stiefbruder war einfach großartig. Ganz im Gegensatz zu seinem Vater; der war ein totaler Schwachkopf."

Natasha, (15)

Es kommt oft vor, dass die Teenager in Stieffamilien sich zueinander hingezogen fühlen. Solche Beziehungen sind zwar nicht verboten, aber sehr schwierig. Es ist am besten, wenn du es vermeidest dich auf so etwas einzulassen. In deinem Alter bist du wahrscheinlich nicht auf eine feste Beziehung aus, du experimentierst noch. Vergiss nicht, dass ihr nach dem Ende der Beziehung immer noch Stiefgeschwister seid.

Die Top Ten:
So überlebst du in deiner Stieffamilie

1.

Sei tolerant.

2.

Vergiss nicht: Niemand verlangt von dir deine Stieffamilie zu lieben.

3.

Sei freundlich.

4.

Versuch den Regeln zu folgen.

5.

Vergiss nicht: Für sie ist es genauso hart wie für dich.

6.

Sei ehrlich zu dir selbst. Schluck deinen Ärger und deine Wut nicht herunter. Wenn dich etwas stört, dann rede darüber und versuch eine Lösung zu finden.

7.

Verlang nicht zu viel von dir. Du brauchst Zeit, um dich an all das Neue zu gewöhnen.

8.

Familienkrisen sind ganz normal. Versuch nicht aus dem Auge zu verlieren, dass sie vorübergehen.

9.

Wenn du das Zimmer mit einem Stiefgeschwister teilen musst, dann sei bereit auch mal Kompromisse zu schließen.

10.

Nimm's mit Humor!

Zwischen den Stühlen

11.

Ich werd's überstehen

Wenn eine Familie auseinander bricht, hat man oft das Gefühl, dass die ganze Welt in sich zusammenstürzt. Dein Leben ist ein einziges Durcheinander, und es wird nie wieder so sein wie früher. Deine Gefühle überschlagen sich und keiner weiß, was er tun soll. Wie kommst du da nur durch?
Nun, du wirst es überstehen. Krisen wie diese gehören zum Leben. Wenn du sie in Angriff nimmst, wirst du dabei über dich hinauswachsen und lernen mit Krisen, denen du dich später gegenübersehen wirst, besser umzugehen. Es kommt oft vor, dass Menschen etwas Gutes aus schwierigen Situationen gezogen haben.
Im Nachhinein glauben viele junge Leute, dass sie durch die Trennung ihrer Eltern früher erwachsen und unabhängig geworden sind. Die Erfahrung hat sie klüger gemacht und sie sind den Herausforderungen des Lebens besser gewachsen.

Es hat nicht nur Schlechtes!

„Meine Schwester und ich redeten nie viel miteinander. Sie ist ein paar Jahre jünger und ich habe sie immer für ein echtes Baby gehalten. Als sich Mami und Papi trennten, war sie die Einzige, die mich verstehen konnte. Wir haben einander richtig kennen gelernt. Sie ist jetzt meine beste Freundin."

Jade (18)

„Mir macht es sogar Spaß meine Eltern einzeln zu sehen. Ich verbringe mehr Zeit mit ihnen, und sie geben sich richtig Mühe. Sie gehen mit mir überall hin."

Louise (16)

„Ich bin viel erwachsener geworden, weil ich eine Menge Probleme bewältigen musste, die ich sonst nicht gehabt hätte." **Janet, (15)**

„Jetzt sehe ich meine Mutter als jemanden, den ich wirklich mag und mit dem ich gerne rede. Vorher war sie einfach nur immer da." **John, (16)**

„Vorher war ich ein Einzelkind. Ich finde es toll Stiefbrüder zu haben." **Tina, (15)**

„Ich habe mich verändert. Ich musste stark sein und sie stützen, als sie mich brauchten. Sie erzählten mir ihre Probleme, und dadurch bin ich viel erwachsener geworden." **Jane, (15)**

„Ich bin jetzt viel stärker und nicht mehr so naiv. Ich musste mehr auf eigenen Füßen stehen und man hat mir gezeigt, wie die Welt wirklich ist." **Rachel, (16)**

Hilf dir selbst

Rede!

„Rede mit jemandem. Es ist immer gut, wenn du jemanden hast, auf den du dich verlassen kannst." **Lizzie, (18)**

Der beste Weg dir selbst zu helfen ist wahrscheinlich zu reden. Wenn du über ein Problem redest, geht es dir hinterher fast immer besser. Wenn du dagegen versuchst deine Probleme zu verstecken, machst du sie nur noch schlimmer. Es mag dir sehr schwer fallen und für dich sehr bedrückend sein dir deine Ängste einzugestehen und über sie nachzudenken und zu reden. Aber dadurch hast du eher das Gefühl dein Leben unter Kontrolle zu haben. Wenn du deinen Gefühlen nicht nachgehst, dann nagen sie an dir und können den Beziehungen zu deinen Mitmenschen einen ernsten Knacks versetzen. Vergiss aber nicht, dass es nicht reicht ein- oder zweimal über deine Gefühle zu reden: Rede über sie, wann und wo immer du kannst. Du brauchst viel Mut, Zeit und Geduld, um die schmerzlichen Gefühle aufzuarbeiten, die eine Scheidung hinterlässt.

Schreib es auf

Im Leben passiert Gutes und Schlechtes und du kannst nicht so tun, als ob die schlechten Dinge nie passiert wären. Es gibt Menschen, die nie über die Vergangenheit reden, und dein Gedächtnis kann dir einen Streich spielen, aber wenn du etwas aufschreibst, wird es dir jetzt und später helfen.
Du kannst deine Lebensgeschichte ganz verschieden schreiben:

- In ein **TAGEBUCH** kannst du so oft schreiben, wie du willst. Du kannst darin festhalten, was in deinem Leben passiert, wie es dir geht und was sich verändert.

- Wie wäre es mit **MEINE GESCHICHTE**? Du legst einfach ein Album von deinem Leben an.
  Du kannst ganz verschiedene Dinge darin aufnehmen:
- Einen Stammbaum. Nimm alle deine Halbschwestern und -brüder darin auf, und wenn du kannst auch deine Stieffamilie.
- Familienfotos, Bilder, Briefe und andere Erinnerungsstücke. Sie erinnern dich daran, wie deine Eltern einmal aussahen und wohin ihr zusammen Ausflüge gemacht habt.
- Schreib darin Anekdoten und lustige Begebenheiten aus deiner Familie und Stieffamilie auf.

Wer dir außerdem noch helfen kann

Um dich herum sind jede Menge Menschen, mit denen du reden kannst und die mit dir mitfühlen können. Wenn du willst, können sie dir auch Ratschläge geben.

Deine Eltern

Wenn du Probleme hast, wendest du dich meistens zuerst an deine Eltern. Aber die Scheidung wird sie sehr beschäftigen und sie machen eine schwierige Zeit durch. Vergiss nicht, dass es ihnen vielleicht schwer fällt zu reden. Viele Eltern können ihren Kindern während der Trennung nicht die Aufmerksamkeit geben, die sie eigentlich brauchten.

Verwandte oder Freunde

Schwestern oder Brüder können eine echte Stütze sein – sie verstehen, was du durchmachst, weil sie gerade genau das Gleiche durchmachen. Was ist mit deinem besten Freund? Es ist prima, wenn du gleichaltrige Freunde hast, die Ähnliches wie du durchgemacht haben. Du hast nicht mehr das Gefühl ganz alleine zu stehen. Außerdem zeigt es dir, dass man wieder auf die Beine kommt.

Fachleute

Manchmal kann dir der Rat von jemandem, der dich oder deine Familie nicht so gut kennt, mehr nützen als der deiner Freunde oder Verwandten. Das kann zum Beispiel ein Lehrer, ein Arzt oder Berater sein. Du kannst auch Organisationen um Rat fragen. (Eine Liste solcher Organisationen findest du am Ende des Buches.)

Scheu dich nicht, um Hilfe zu bitten. In der Regel mögen es die Leute, wenn sie gefragt werden.

„Seit ich bei einem Berater gewesen bin, komme ich mit vielen Problemen besser klar und es fällt mir leichter mit Menschen zu sprechen."

Jessica, (15)

Lass dich nicht beirren, wenn dich jemand beschuldigt selbstsüchtig zu sein. Du musst in dieser Situation gut überlegen, was du willst und brauchst.

„Dieses eine Mal in deinem Leben solltest du nur an dich und an niemanden sonst denken. Rede mit so vielen Menschen wie möglich und halte durch. Dann ist, ehe du dich versiehst, alles vorüber."

Lizzie, (18)

„Du musst herausfinden, was das Beste für dich ist. Dann sag es deinen Eltern. Lass dich von ihnen nicht durcheinander bringen."

Freddie, (14)

Ratschläge von Teenagern

In dem Fragebogen, den ich erstellt habe, um Informationen für dieses Buch zu sammeln, habe ich den Teenagern ganz besonders eine Frage gestellt: Was würdest du einem Freund raten, dessen Eltern sich trennen? Hier sind einige der Antworten:

„Versuch es positiv zu sehen!“ **Paula, (15)**

„Rede darüber. Unterdrücke nicht deine Gefühle. Es ist wichtig, dass du dich nicht selbst anlügst.“ **Tess, (20)**

„Es braucht dir nicht peinlich zu sein, dass deine Eltern geschieden sind. Das ist zwar traurig, aber die Welt geht davon nicht unter.“ **Jessica, (15)**

„Mach dir keine Sorgen. Es ist nicht deine Schuld und es geht bald wieder aufwärts.“ **Louise, (16)**

„Schenk deinen Eltern dein Mitgefühl und lass sie machen, was das Beste für dich und sie ist.“ **Jamie, (15)**

Was bringt die Zukunft?

Du brauchst nicht verlegen zu sein. Viele junge Leute meinen, dass es eine Schande wäre geschiedene Eltern zu haben. Aber in Wirklichkeit geht jede dritte Ehe in die Brüche. Es gibt also viele andere Teenager, die in derselben Lage wie du sind.

Die Eltern von Tess ließen sich scheiden, als sie 13 war. Jetzt ist sie 20 und kann versuchen, die Dinge sachlich zu sehen.

„Wenn man nicht mehr harmonisch zusammenleben und sich über nichts mehr einigen kann, ist es das Beste für alle Beteiligten, wenn die Eltern getrennte Wege gehen. Damals schien es mir nicht so, aber wenn ich heute zurückdenke, weiß ich, dass es richtig war.“

Tess, (20)

Viele Teenager haben auch Angst, dass es ihren eigenen Beziehungen so wie der ihrer Eltern ergehen könnte. Wieso sollte es bei ihnen funktionieren, wenn es bei ihren Eltern nicht geklappt hat? Zugegeben, es gibt einige Belege dafür, dass die Kinder geschiedener Eltern häufiger in ihren eigenen Beziehungen scheitern. Aber das heißt noch lange nicht, dass das zwangsläufig für dich der Fall ist. Es ist viel wichtiger, was für eine Art von Mensch du bist, aus was für einer Familie du kommst und wie du mit deinem Partner umgehst.
Du kannst natürlich viel davon lernen, wenn du eine erfolgreiche Beziehung als Beispiel vor dir hast, aber das gilt auch andersherum. Wenn deine Eltern immer wieder die gleichen Fehler machen, lernst du sie zu vermeiden!

Die Top Ten:
So überstehst du's

1.

Andere Menschen haben das Auseinanderbrechen ihrer Familie überlebt – und du wirst es ebenfalls.

2.

Das Leben ist nicht perfekt. Versuch zu akzeptieren, dass es im Leben Höhen und Tiefen gibt.

3.

Zugegeben, es passieren üble Dinge, aber die guten werden dir darüber hinweghelfen.

4.

Sag dir immer wieder: „Auch das geht vorbei." Die Zeit heilt alle Wunden.

5.

Rede dir nicht ein, dass du schuld bist. Du bist es nicht.

6.

Frag so viel wie möglich, damit du weißt, was vor sich geht.

7.

Triff die Entscheidungen, die gut für dich sind.

8.

Erwarte nicht, dass alles perfekt ist. Das wirkliche Leben ist kein Hollywood-Film. In Familien und Stieffamilien geht es nicht immer angenehm und problemlos zu.

9.

Akzeptiere, dass Veränderungen Zeit brauchen.

10.

Nachdem das Ganze ausgestanden ist, kann dein Leben weitergehen.

Ein letztes Wort

Mit der Zeit werden du und deine Eltern lernen die Veränderungen zu akzeptieren. Deine neue Schule, dein neues Zuhause und deine Stieffamilie werden dir vielleicht so vertraut werden wie deine alte.
Eine Trennung oder Scheidung ist oft das Beste für alle Beteiligten. Konzentrier dich auf den Gedanken, dass dein neues Leben vielleicht sogar schöner sein kann als dein altes.

Aber das letzte Wort geht an Louise:

„Es war schlimm, aber ich habe nie bereut, dass sich meine Eltern haben scheiden lassen. Sie sind nie miteinander ausgekommen. Ihre Streite waren schrecklich. Ohne sie sind wir alle besser dran. Natürlich hätte ich mir gewünscht, dass sie netter zueinander gewesen wären, aber es kam eben anders. Mami und ich sind uns durch die ganze Sache nahe gekommen, viel näher als früher. Wir verstehen uns wirklich gut. Durch eine Scheidung geht die Welt nicht unter. Ich will immer noch heiraten, aber ich hoffe nur, dass ich niemals eine Scheidung durchstehen muss."

Louise, (16)

12. Hilfen

Zum Familien-, Scheidungs- und Kindschaftsrecht in Deutschland

Wenn sich deine Eltern nur trennen, d. h. eine Lockerung der ehelichen Lebensgemeinschaft herbeiführen wollen, ohne dass zugleich die Ehe selbst beendet wird, sind keine rechtlichen Formalitäten einzuhalten, und sie haben alle Freiheiten, eigene Vereinbarungen gleich welcher Art zu treffen.

Bis eine Scheidung ausgesprochen wird, gehen allerdings zwischen ein und drei Jahre ins Land. Bei gegenseitigem Einvernehmen müssen die Eltern ein Jahr getrennt leben – meist zieht ein Elternteil aus, doch es reicht auch schon, „Tisch und Bett" zu trennen, d. h. den Alltag trotz noch gemeinsamer Wohnung unabhängig voneinander zu gestalten. Bei umstrittener Scheidung, d. h. wenn sich einer der Ehepartner dem Scheidungsbegehren des anderen zu widersetzen versucht, gelten drei Jahre getrennten Lebens als Voraussetzung für die letztendliche Scheidung.

Im Hinblick auf den Vollzug einer Scheidung muss der Gesetzgeber nachgewiesen bekommen, dass die Ehe „gescheitert" ist, d. h. dass es zu einem endgültigen Bruch zwischen den Ehegatten gekommen und eine Wiederherstellung der Ehe nicht zu erwarten ist. Im Gegensatz zu früher und auch im Gegensatz zu der heutigen Handhabung in einigen anderen europäischen und außereuropäischen Ländern wird bei deutschen Familienrichtern nicht mehr nach dem Schuldigen gesucht; aus welchen Gründen die eheliche Lebensgemeinschaft gescheitert ist, spielt keine Rolle; es müssen laut BGB (= Bürgerliches Gesetzbuch, in dem das Familien- und Scheidungsrecht manifestiert ist) lediglich die „Scheidungstatbestände" klargestellt werden. Der Vollzug der Scheidung hat rechtliche Konsequenzen und ist für deine Eltern u. a.. mit offiziellen und gesetzlich geregelten Rechten und Pflichten dir gegenüber verbunden.

Mit der Scheidung ist vom Familiengericht vor allem eine Regelung über das Sorgerecht für minderjährige Kinder zu treffen, die sich maßgeblich auf drei Kriterien stützt, die der Familienrichter in seiner Entscheidungsfindung zu berücksichtigen hat:

- 1. Das Kindeswohl
- 2. Der Elternwille
- 3. Der Wille des Kindes

Welche Rechte haben Teenager bei den sie betreffenden Entscheidungen?

Bei der Bearbeitung eines Scheidungsgesuchs wird das Familiengericht alle damit zusammenhängenden Umstände berücksichtigen. Der wesentlichste Aspekt ist dabei der des Wohls aller in der Familie lebenden, nicht volljährigen Kinder. Damit bist **du** gemeint! Das

Familiengericht hat hier zu prüfen, bei welchem Elternteil du am besten und gesündesten aufwachsen, wo du die optimale Erziehung und Ausbildung erhalten und dich seelisch und gesellschaftlich am besten entwickeln kannst. Hier eine richtige und gerechte Entscheidung zu treffen ist nicht immer einfach.

Am besten ist es, wenn sich deine Eltern entscheiden können, bei wem du zukünftig leben wirst. Vielleicht können sie sich aber nicht einigen, oder sie fragen dich, wo du am liebsten wohnen magst. Die Antwort kann dir sehr schwer fallen, da du dich möglicherweise dem einen gegenüber illoyal fühlst, wenn du den anderen wählst. Du musst dich entscheiden, wo und bei wem du dich am glücklichsten und am sichersten fühlen würdest.
Deine Teenager-Sicht wird zweifellos das Hauptanliegen des Familiengerichts sein. Generell kannst du davon ausgehen, dass der Familienrichter deine Wünsche absolut vorrangig behandelt, es sei denn, es sprächen gute Gründe dagegen - im Falle des Missbrauchs beispielsweise. Deshalb ist es ganz wichtig, dass du ganz deutlich zu erkennen gibst, wenn du eine feste Meinung und gute Gründe für deine Präferenzen hast!
In der Regel wird der Familienrichter nicht in Anwesenheit deiner Eltern mit dir sprechen wollen, um sich selbst ein Bild von deinen Wünschen und Bedürfnissen zu machen. In diesem Gespräch solltest du deine Meinung offen legen und begründen, warum du bei wel-

chem Elternteil leben möchtest. Dieses Gespräch kann vielleicht einschüchternd wirken, doch bedenke stets, dass der/die Familienrichter/in nur dazu da ist, dir zu helfen. Er/sie arbeitet mit jeder Menge Teenagern wie dir und wird sich zweifellos im Klaren darüber sein, wie du dich fühlst. Bedenke, dass in Deutschland inzwischen mindestens jedes 6. Kind von einem/einer Alleinerziehenden versorgt wird.
Das Gericht teilt übrigens höchst selten Geschwister auf, also brauchst du eher nicht zu befürchten, dass es dich von deinen Schwestern oder Brüdern trennen wird.

Bei welchem Elternteil du auch leben wirst, hat der andere Teil doch bei gemeinsamem Sorgerecht im Hinblick auf wesentliche, dein Leben maßgeblich beeinflussende Entscheidungen immer das Mitspracherecht – so zum Beispiel im Hinblick auf deine schulische Fortbildung oder medizinische Betreuung.

Ist einmal geregelt, wo du mit wem in Zukunft leben wirst, wird das so genannte Umgangsrecht sichergestellt. Sollten deine Eltern gemeinsames Sorgerecht haben, wird es in der Regel keine Schwierigkeiten bei der Frage geben, wie sich die Besuche der Kinder zukünftig gestalten. Kommt es allerdings zu keiner freiwilligen Umgangsregelung und bestehen wegen der Besuchszeiten gravierende Meinungsverschiedenheiten zwischen deinen Eltern, so ist eine gerichtliche Entscheidung notwendig.

Nur selten kann das Familiengericht eine Einschränkung oder einen Ausschluss des Umgangsrechts aussprechen, und zwar nur, aber gerade dann, wenn es zum Schutz und für das Wohl des Kindes erforderlich ist.
Gründe hierfür können u. a.. sein: Suchtkrankheit (Alkohol, Drogen), geistige Erkrankung oder Gemütskrankheit, Verfehlungen gegen das Kind, Aufhetzung gegen den Sorgeberechtigten, erhebliche Spannungen zwischen den Eltern oder zwischen dem Kind und dem nicht sorgeberechtigten Elternteil.

Hilfreiche Organisationen und Institutionen

Die folgenden Organisationen können dir verantwortungsvolle und vertrauensvolle Ratschläge und Hilfsangebote geben. In ihnen arbeiten verständnisvolle und erfahrene Personen, die dafür geschult wurden, dir zu helfen.

Es gibt in fast jeder Stadt folgende Einrichtungen, deren genaue Adresse bzw. Telefonnummer per Telefonbuch oder Auskunft zu ermitteln sind:

- Die Jugendämter der jeweiligen Städte und Gemeinden
- Deutscher Kinderschutzbund
- Not- und Sorgentelefone
- Pro Familia
- Arbeiterwohlfahrt
- Psychologische Beratungsstellen der kirchlichen Verbände, z. B. Caritas oder Diakonisches Werk
- Erziehungsberatungsstellen
- Familienberatungsstellen
- Schulpsychologische Dienste
- Allgemeine soziale Dienste des Jugendamts
- Alanon (Beratungsstelle für Angehörige von Alkoholikern)

Heisse Tips für coole Teens

ISBN 3-451-70217-7

ISBN 3-451-70012-3

ISBN 3-451-70192-8

ISBN 3-451-70029-8

ISBN 3-451-70159-6

Diese Reihe bietet auf witzige und unterhaltsame Art alles, was ein Teenager wissen muß: Schönheits-, Verhaltens- und „Überlebens“-Tips für jede Situation.

KERLE
Freiburg · Wien